KB114742

현대무림
지존

현대 무림 지존 3

현윤 장편소설

초판 1쇄 찍은 날 § 2016년 11월 24일
초판 1쇄 펴낸 날 § 2016년 12월 1일

지은이 § 현윤
펴낸이 § 서경석

편집책임 § 최지원

펴낸곳 § 도서출판 청어람
등록번호 § 제387-1999-000006호
등록일자 § 1999. 5. 31
어람번호 § 제1-2573호

주소 § 경기도 부천시 원미구 부일로 483번길 40 서경B/D 3F (우) 14640
전화 § 032-656-4452 팩스 § 032-656-4453
http://www.chungeoram.com
E-mail § chungeorambook@daum.net

ISBN 979-11-04-91067-8 04810
ISBN 979-11-04-91013-5 (세트)

현윤 장편소설

FUSION FANTASTIC STORY

현대무림
지존

③

도서출판 책여람

차례

C O N T E N T S

현대무림
지존

제1장
던전 키퍼

늦은 밤, 우포늪 근방에 20명의 사내들이 오토바이를 몰고 있다.

부아아아아아앙!

그들을 피해서 도망치고 있는 한 중년이 거친 숨을 내쉬고 있다.

"허억, 허억!"

중년의 몸통과 팔에는 새빨간 핏자국이 가득했으며, 떨리는 손에는 리볼버 한 자루가 쥐어져 있었다.

그는 달리다가 말고 팔을 뒤로 뻗어 총탄을 쏘아냈다.

타앙!

그러자 그 총탄이 오토바이를 탄 사내의 머리에 날아가 정확하게 틀어박혔다.

퍼억!

"제기랄! 저놈이 아주 끝까지 해보자는 건가?!"

"그냥 죽입시다!"

"…어쩔 수 없지!"

오토바이를 탄 사내들이 이내 소총을 꺼내 들었다.

철컥!

한 손으로 오토바이의 손잡이를 잡은 그들은 옆구리에 소총의 개머리판을 끼워 넣곤 냅다 총을 내갈기기 시작했다.

두두두두두두!

중년은 재빨리 몸을 낮춰 슬라이딩하며 총알을 피해냈다.

스으으윽!

그는 슬라이딩을 한 상태에서 1초 정도 대기했다가 두 발을 풍차처럼 회전시키며 떠올랐다.

부우우웅!

퍽!

"크허억!"

그는 자신의 발에 걸린 사내의 목덜미에 주먹을 꽂아 넣었다.

빠악!

"쿨럭쿨럭!"

단 일격에 목뼈가 부러지며 사망한 그를 두고 18명의 사내들이 다시 핸들을 틀었다.

끼이이이익!

"저놈이 진정 죽고 싶어서 환장을 한 모양이구나! 끝까지 조직을 배신하고 도망치겠다는 건가?!"

"어차피 뒤따라오는 추격대에게 걸려 죽을 겁니다. 포위되었으니 이쯤에서 압박하시죠."

"그래, 저놈이 순순히 잡히지 않는다면 죽여줘야지."

사내들은 오토바이를 버리고 땅으로 내려왔다.

중년이 권총을 잡았다.

철컥!

"…오는 것은 좋다. 하지만 나에게 덤벼들면 모두 다 죽는다는 것을 알아야 한다."

"정말 끝까지 이럴 것인가? 성주님께서 네놈에게 베풀어주신 은덕이 얼마인데 감히 이런 짓을 벌인단 말이냐?"

"은덕……"

그는 실소를 흘렸다.

"후후, 그래, 은덕은 은덕이지. 나를 이렇게 미친 괴물로 만들어 버렸으니 말이야. 무려 40년 동안이나 빛을 보지 못하고 살았다. 그런 내가 미치지 않고 버틸 수 있을 것이라고 생각했나?"

"너는 완벽한 결정체다. 우리 중 가장 뛰어나며 한때는 노스트룩스의 수장이던 네놈이다. 우리의 리더이던 네가 조직을 배신하겠다니, 동료들은 눈에 들어오지도 않는가?"

"…애초에 나는 인간이 아니었다. 그러니 정이고 뭐고 생각하기도 싫다."

"끝까지……!"

잠시 후, 중년이 권총을 뺐었다.

탕탕탕!

리볼버가 연달아 날아가 한 사내의 옆구리에 틀어박혔다.

서걱!

"크헉!"

그는 한 사람의 옆구리를 타격한 후 곧장 약실을 열어 탄피를 빼냈다.

좌락!

무려 0.5초 만에 탄피를 꺼내고 총알을 장전시킨 그는 포켓에서 또 다른 총을 꺼내 들었다.

철컥!

이제 양손에 리볼버를 쥔 그는 미친 듯이 총을 난사하기 시작했다.

타다다다다당!

그 총탄에 맞은 사내들은 하나같이 피를 뿜으며 쓰러졌고, 무려 30발이나 되는 총알을 쏘아낸 후에야 그의 연사는 멈추었다.

그리고 그 이후, 그의 마지막 탄환이 날아가 거대한 폭발을 일으켰다.

콰앙!

화르르르륵!

"젠장! 모두 피해라! 관통 폭렬탄이다!"

쿠웅, 퍼엉!

불꽃에 휩싸인 총탄은 마치 정구공처럼 이리저리 뛰어다니며 사방을 불바다로 만들어 버렸다.

18명이던 사내들은 순식간에 5명으로 줄어들었고, 그들이 거의 다 죽어갈 때쯤 후방에서 한 무리의 소총수들이 달려왔다.

"저기 있다! 놈을 잡아라!"

"저격수, 사격!"

타앙!

저격수의 탄환이 날아와 중년의 허벅지를 스쳤다.

서걱!

"크윽!"

"명중이다!"

"어차피 우리의 통제를 벗어난 저놈은 살려둘 필요가 없다! 생포하지 말고 사살하라!"

두두두두두!

예광탄이 사방에서 날아와 중년 남자를 덮쳐왔다.

"…빌어먹을, 내 인생도 여기서 끝인 모양이군."

그의 앞으로 몰려든 사람의 숫자는 아무리 적게 잡아도 150명, 이젠 아무리 그가 날고 긴다고 해도 어쩔 수가 없었다.

잠시 자신을 향해 달려오는 인파를 바라보던 그는 뭔가 큰 결심을 했다.

"그래, 이렇게 된 김에……"

순간, 그가 우포늪 한가운데로 뛰어들었다.

부웅!

"허, 허억!"

"저놈이……?!"

풍덩!

꼬르르르르륵.

그는 늪 깊은 곳으로 사라져 버렸고, 이제 더 이상 그의 흔적을 찾기는 힘들어졌다.

사내들은 분통을 터뜨렸다.

"제기랄! 프락치가 눈앞에서 사라져 버리다니, 이걸 도대체 어쩌면 좋단 말인가?!"

"단장님, 일단 돌아가시죠. 이제 곧 군이 몰려올 겁니다."

"베릭스 이 개자식!"

"가야 합니다!"

그는 부하들에게 철수 명령을 내렸다.

"가자! 철수한다!"

"예!"

이윽고 그들은 헬리콥터가 세워져 있는 착륙장으로 향했다.

＊　　　　＊　　　　＊

같은 시각, 부산역 대합실에 한 남자가 누군가를 기다리고 있다.

"올 때가 지났는데……."

초조한 표정의 그는 연신 시계를 바라보며 발을 동동 굴렀다.

그가 시계와 타는 곳을 번갈아 보고 있을 무렵, 저 멀리서 한 사내가 스케이트보드를 타고 달려왔다.

<u>드르르르르르륵!</u>

양쪽 귀에 블루투스 이어폰을 낀 젊은 남자는 스케이트보드를 잘 탈 줄 모르는 것인지 연신 넘어졌다 일어서며 달려왔다.

그가 인상을 구겼다.

"…젠장, 이번에도 아닌데?"

바로 그때, 스케이트보드가 미끄러져 나가면서 그의 곁을 스쳤다.

퍼억!

순간, 그의 눈동자가 커졌다.

"으헉!"

이윽고 그의 옆구리에서 새빨간 피가 흘러나왔다.

고통으로 인해 얼굴이 잔뜩 일그러진 그는 스케이트보드를 탄 사내를 피해 내달리기 시작했다.

"크으으윽!"

하지만 칼을 맞고 난 이후라서 달리는 데 한계가 있었다.

그는 자신의 앞에 있는 생활 정보지 보관함을 있는 힘껏 땅바닥에 패대기쳤다.

까앙!

그러나 그의 반항은 스케이트보드를 따돌릴 수 없었다.

끼익, 스으으으윽!

한 차례 방향을 틀었다가 다시 달려온 스케이트보드는 또한 번 그의 옆구리를 쳤다.

퍽!

"크허어억!"

이번에는 폐부를 정확하게 찔렀는지 그의 호흡이 거칠어진다.

비틀거리며 달려가던 그가 바닥에 쓰러져 버리자, 스케이트보드를 탄 남자는 어딘가로 전화를 걸었다.

"놈을 잡았습니다."

잠시 후, 그를 향해 20명 남짓한 덩치들이 달려왔다.

덩치들이 미소를 지었다.

"역시 칼잡이는 달라도 다르군. 수고 많았다.

"어디로 데리고 가실 겁니까?"

"쓰레기는 쓰레기장에 버려야지."

"그렇군요."

"손과 발을 묶어서 유성 장대동의 고물상으로 데리고 가라. 그곳에서 알아서 처리할 것이다."

"예, 알겠습니다."

바닥에 피를 한 바가지나 흘린 그는 덩치들의 손에 이끌려 자동차에 올랐다.

*   *   *

서울 동대문의 한 국밥집에 거지꼴의 남자가 홀로 밥을 먹고 있다.

"후루루루룩!"

묵묵히 밥을 먹던 그의 귀에 TV 뉴스 소리가 들린다.

[다음 소식입니다. 부산역 대합실에서 살인 청부로 보이는 사건이 벌어졌습니다. 오늘 새벽 세 시쯤 부산역 대합실에 서 있던 한 남성이 스케이트보드를 탄 청년에게 칼을 맞아 쓰러진 것이 상황실 CCTV에 잡혀 경찰이 조사를 벌이고 있습니다. 경찰 당국은 살인이 벌어진 이후 조직폭력배로 예상되는 20명이 달려온 것으로 미뤄보아 조직 간의 세력 다툼으로 보고 집중 조사팀을 구성하였습니다.]

순간, 그의 손이 사시나무 떨리듯 떨리기 시작했다.

"···제, 제기랄."

밥을 먹다 말고 일어선 그는 테이블에 만 원짜리 지폐를 올려놓곤 곧바로 거리로 나왔다.

사람들은 거리의 부랑자인 그를 피해 다니고 있었지만, 그는 최대한 사람이 많은 곳만 골라서 다녔다.

그러자 행인들이 질겁하며 피해 다닌다.

"꺄악! 왜 이래요?!"

"저리 안 가?!"

행색이 남루한 것까진 괜찮은데 몸에서 워낙 지독한 악취가 풍겨서 가까이 오는 것을 꺼린 것이다.

그가 행인들 틈을 비집고 다니니 자연적으로 이목이 집중되었다.

"…경찰, 경찰 불러! 저 사람, 술에 취한 것 아니야?!"

"아침부터 더럽게 되었군!"

출근길 인파가 잔뜩 모여 있는 거리를 비틀거리면서 돌아다니던 걸인은 이내 지하철 역사로 들어갔다.

그는 인천으로 가는 노선을 향해 내달리기 시작했다.

"허억, 허억!"

그런데 그의 뒤로 세 명의 남녀가 득달같이 달려오는 것이 보인다.

"…잡아!"

"예!"

"제기랄!"

걸인은 미친 듯이 발을 내저어 지하철 스크린도어 앞까지 도착하였다.

따르르르르르릉!

[열차가 들어옵니다. 안전선 뒤로 물러나…….]

잠시 후, 지하철이 들어와 정지선 앞에 멈추어 섰다.

세 사람은 이에 딱 맞춰서 지하철 출입구에 도착했다.

"후후, 궁지에 몰렸군."

"천천히 잡아보자고."

걸인은 재빨리 지하철 안으로 들어갔다.

세 사람은 그 뒤를 바짝 쫓으며 따라왔고, 걸인은 뒤를 살피며 열차와 열차를 잇는 문을 열었다.

철컥!

문을 열고 5호차에서 6호차로 넘어간 걸인은 연신 뒤를 돌아보았다.

"잡아!"

문을 열고 달려오는 그들을 바라보던 걸인은 재빨리 스크린도어로 몸을 던졌다.

[문이 닫힙니다.]

철컹!

찰나의 순간에 놓쳐 버린 걸인을 바라보며 세 명의 추격자가 괴성을 질러댔다.

"…끄아아아악!"

"죽을 뻔했네."

걸인은 행여나 그들이 차에서 내릴까 서둘러 길을 나섰다.

달리고 또 달려 역사를 빠져나온 걸인은 택시를 잡아탔다.

"허억, 허억!"

"…으윽, 냄새!"

"아저씨, 50만 원 드릴 테니까 원주로 갑시다."

"강원도 원주요?"

"네, 원주요."

걸인은 현금으로 30만 원을 내밀었다.

"선금, 나머지는 도착해서 드리겠습니다."

"뭐, 좋습니다. 돈 되는 일이라는데 가야지."

택시 기사는 연신 탈취제를 뿌려가면서 차를 몰았다.

*　　　　*　　　　*

이른 아침, 태하의 방에 있는 자명종이 울린다.

따르르르릉!

태하는 시계가 울리자마자 자리에서 벌떡 일어나 운기조식부터 하였다.

스스스스!

사자가 밀림의 제왕이 될 수 있었던 것은 하루도 빼놓지 않고 송곳니와 발톱을 가다듬기 때문이다.

그는 스스로를 사자라고 생각하는 사람은 아니지만 자신의 강점을 더욱 부각시킬 수 있는 것이 무언인지 잘 아는 사람이었다.

대략 2시간의 운기조식이 끝나자마자 수행 비서들이 우르르 쏟아져 들어왔다.

"회장님, 사장단 미팅이 있습니다. 10분 안에 옷을 갈아입고 20분 동안 조식을 하셔야 제 시간에 맞출 수 있습니다."

"사장단 미팅이라……."

"전대 회장님께선 하루에 두 번씩 미팅을 하셨습니다."

"그렇군."

장주원은 생각보다 자신의 일에 악착같은 면이 있었기 때문에 회사의 임원들이 항상 고생이었다.

하지만 그의 이런 고집 덕분에 그 짧은 시간 안에 이만한 회사를 세울 수 있었던 것이다.

태하는 익숙지 않지만 그 뒤를 잇기 위해 무던히도 노력하는 중이다.

"아침은 미팅 끝나고 먹습니다."

"그럼 조식을 취소할까요?"

"식사는 시간이 있을 때 먹는 것이 최고입니다. 저는 이왕 먹을 것이라면 한 끼를 먹어도 잘 먹자는 주의입니다. 꼭 세 끼를 다 챙겨 먹을 필요는 없어요. 의학적으로도 그렇게 증명이 되었고요."

삼시 세 끼를 먹는 한국의 식습관은 아주 오래전부터 비롯되어 온 관습일 뿐 과학적으로는 배가 고플 때 먹는 것이 가장 효율성이 좋다.

더군다나 태하가 밥을 먹는 것은 식욕에 의해서 먹는 것이 아니고 식도락을 위해 먹는 것이다.

그러니 그는 식사에 연연하지 않는다.

태하는 당장 샤워실로 들어가 몸을 닦고 심신을 정갈하게 하였다.

대략 5분 후, 태하가 반나체 상태로 나왔다.

"얼마나 남았죠?"

"25분 남았습니다."

"넉넉하군요."

수행 비서들은 태하가 오늘 입을 옷과 넥타이, 반지, 액세서리, 구두, 심지어 사용할 핸드폰의 색깔까지 결정하여 가지고 왔다.

심지어는 그가 담배를 피울 때 쓰는 라이터의 색깔까지 골라서 그를 코디하였다.

태하가 양팔을 벌리자 비서들이 옷매무새를 가다듬으며 각을 잡아나갔다.

회장은 사장단을 아우르는 수장이기에 양복의 끝, 각, 주름 하나 틀어지는 것을 용납할 수 없었다.

그가 옷을 입고 있는 동안 전속 미용사가 들어와 면도를 시키고 머리를 다듬었다.

서걱, 서걱.

미용사는 태하의 머리에 포마드를 발라서 윤기를 내고 8:2로

머리카락을 갈라 뒤로 넘겼다.

옆이 짧고 앞머리는 약간 세워 일반인은 범접하기 힘든 카리스마가 느껴진다.

태하가 깔끔하게 면도된 얼굴을 이리저리 돌려 보는데 문이 열리면서 비서실장 일리나 자하로바가 들어섰다.

그녀는 태하의 머리끝부터 발끝까지 전부 점검한 후 그를 이끌었다.

"준비가 모두 끝난 것 같습니다. 회의장으로 가시죠."

"그럽시다."

일리나는 태하에게 오늘의 안건에 대해 설명하였다.

"오늘의 안건은 현재 칠레 지역에서 일어나고 있는 몬스터 폭동 사건에 대한 것입니다."

"몬스터 폭동?"

"포터블 그레이 드래곤, 이른바 사두룡이 자취를 감춤에 따라 칠레 지역 일대를 장악하고 있던 마스터 오우거가 세력을 확장했습니다. 그 영향으로 인하여 칠레 지역의 몬스터들이 폭동을 일으키고 있지요."

"흐음."

"현재 칠레 지역에서 생산되는 코어가 남미 물량의 50% 이상을 차지하고 있습니다. 만약 이대로 폭동이 계속된다면 수급이 중단되어 무역에 크나큰 타격을 입을 수도 있습니다."

"그렇다면 적절한 조치가 필요하겠군요."

"하지만 현재 지하 세계 무인 집단 다섯 개가 이미 후방으로 퇴각한 상태라서 칠레 정부에서도 딱히 손을 쓰지 못하고 있습니다. 우리에겐 대안이 없습니다."

얼마 전, 태하에게 일도양단을 당한 사두룡이 사라짐으로 인해 이런 일이 일어나다니, 태하는 자신에게도 일부 책임이 있다고 생각했다.

"결자해지."

"예?"

"회의가 끝나는 대로 칠레 중앙정부와의 약속을 잡아놓으세요."

"무슨 생각이 있으신 겁니까?"

"코어를 채취할 수 없다면 우리가 직접 갑니다."

"지, 직접이요?"

"모처럼 회사를 물려받았는데 가업을 망칠 수는 없잖습니까? 제 대에서 일어난 일은 제가 처리합니다."

"하지만 그것은 너무 큰 손해를 일으키게 될 겁니다. 워낙 몬스터의 양이 많은데다 그것들을 커버할 정도의 인력을 운집시키자면……."

"나에게 다 방법이 있어요. 일단 회의부터 들어갑시다."

태하는 일라나를 잡아끌고 회의장으로 들어갔다.

　　　　　　＊　　　　　＊　　　　　＊

　KP그룹의 사장단은 태하의 수렵단 조직에 대하여 강력하게
반발하였다.

　특히나 KP무역 통상의 카즈야 하시모토가 태하가 제시한
대안을 신랄하게 비판하였다.

　"회장님, 수렵단 조직에 들어가는 돈과 그것을 운영하는 데
들어가는 돈이 얼마나 되는지 아십니까? 제아무리 KP그룹이
명화방과 깊은 연관이 있다고 해도 그들의 직속 기관이 아니
기 때문에 상당한 로열티를 지불해야 합니다. 그것을 1년 운
영하는 것은 우리가 1년 동안 뼈가 빠져라 일하는 것과 비슷
할 겁니다."

　"결국 돈 때문에 돈을 포기해야 하는 상황인 것이군요?"

　"포기가 아닙니다. 차선책을 찾아야 한다는 소리입니다."

　"흠……."

　"지하 세계는 그리 만만한 곳이 아닙니다. 더군다나 가문
중심, 집단주의적인 지하 세계에서 우리 같은 풋내기가 살아
남을 수 있을 리가 없어요."

　"그러니까 하시모토 사장님께선 우리의 능력으론 지하 세계
에 뛰어들 수 없을 것이라는 소리군요?"

"물론입니다."

태하는 그에게 자신이 가진 비전에 대해 설명하였다.

"뭐, 좋습니다. 그렇다면 제가 한 가지만 묻지요."

"……?"

"만약 우리가 현경 이상의 고수 150명을 동원할 수 있는 수렵단을 꾸린다면 어떻게 되겠습니까?"

순간, 사장단이 코웃음을 쳤다.

"…그런 엄청난 전력이 있다면 좋겠지요. 하지만 그 사람들이 정신이 나가지 않고서야 그만한 전력을 우리에게 줄 리가 없지 않습니까?"

"그래요. 우리에게 줄 리는 없죠. 하지만 제 친한 친구라면 가능합니다."

"친한 친구요?"

"바로 조가괴협입니다."

사장단은 조가괴협이라는 소리에 입을 떡 벌렸다.

"조, 조가괴협이요?! 그 사람은 지금 인터폴에서도 예의 주시하고 있는 연쇄살인마 아닙니까?"

"그와 동시에 당문을 홀로 쳐부순 사람이기도 하지요."

지금 조가괴협이 갖는 네임드는 어지간한 명문정파의 장문인과 겨루어도 손색이 없기 때문에 수렵단을 꾸린다고 해도 문제될 것이 전혀 없었다.

물론 조가괴협이라는 이름을 계속 사용하면 몬스터를 사냥해도 수입을 얻기는 불가능할 것이다.

"뭐, 좋습니다. 조가괴협을 앞세워 사냥을 했다고 칩시다. 그럼 그 물건은 도대체 어떻게 가지고 오실 겁니까?"

"어떻게 가지고 오긴요, 배에 실어서 가지고 오지요."

"통관은요?"

"협상을 보면 됩니다."

"그게 말처럼……."

"나라가 망하게 생겼는데 뭐 어쩌겠습니까? 그리고 지금 남미 전선이 뚫리면 모든 것이 끝입니다. 미국이라고 무사할 수가 없지요."

"하지만 그 괴팍한 살인마가 그리 쉽게 응해주겠습니까?"

"만약 응해준다면 어쩌시겠습니까?"

"그렇다면야 이보다 더 좋을 수는 없겠지요. 하지만 현실적으로……."

"현실적으로 가능합니다. 그럼 더 이상 반대하지 않으시겠지요?"

"뭐, 그렇다면야……."

"좋습니다. 그럼 일주일 후 신문 1면에 조가괴협의 수렵단이 실리는 것을 보여드리지요. 그리고 그 코어를 우리가 수입한다면 더 이상 이의를 제기하지 않으시겠지요?"

"물론입니다."

그는 비서실장에게 준비를 마칠 수 있도록 지시해 놓고 AP그룹 옥상으로 향했다.

*　　　　*　　　　*

정오로 향하는 시각, 해가 중천에 떠 있다.

태하는 AP그룹 옥상에 올라서 있는 츠바사를 발견하였다.

"어이, 츠바사!"

"왔어?"

그는 가죽으로 만든 안대를 하고 있었는데, 항상 지니고 다니던 검 대신 지팡이를 손에 쥐고 있었다.

더군다나 평소에 입고 다니던 정장 차림이 아니라 마치 동네 슈퍼에 나온 사람처럼 비니에 트레이닝복을 입고 있었다.

태하는 실소를 흘렸다.

"드디어 겉멋을 버렸군."

"어차피 겉모습은 중요하지 않아. 그 사람의 속 알맹이가 중요한 것이지."

"오호, 천하의 골통 츠바사가 이젠 정말 사람답게 살려는 모양이군."

"…원래 처음부터 사람답게 살긴 했거든?"

어린아이들처럼 만나자마자 싸우기부터 하는 두 사람이지만, 심각한 얘기를 꺼낼 때엔 안색부터 변하였다.

츠바사가 태하에게 몇 개의 파일을 건넸다.

"내가 좋은 소식을 몇 개 가지고 왔어. 아마 들으면 좋아할걸?"

"무슨 소식인데?"

"고모부를 시해한 20명 중에서 두 명의 명단을 확보했어."

"……!"

태하는 떨리는 손으로 파일을 펼쳐보았다.

무당그룹 장천일

노스트룩스 레이첼 이스트우드

무당그룹의 장천일은 현재 영업부장의 직책을 가지고 있으며 내가권의 달인인 장태산 부회장의 문하에서 무공을 배웠다.

당찬 포부와 남자다운 기백을 가진 장천일은 현재 남미에 거주하면서 15명의 던전 키퍼를 관리하고 있었다.

또한 남미에서 생산되는 코어를 중국의 가공 공장으로 보내는 역할도 맡고 있다.

츠바사가 장천일에 대해 설명하였다.

"사건 당일 놈이 당문과 접촉하는 정황이 드러났어. 장천일은 번듯한 겉모습과는 달리 도박에 미쳐 있어. 그래서 파문까지 당할 뻔했지만 사부의 연줄 때문에 간신히 버티고 있던 것이지."

"흠……."

"그런 그의 진짜 모습에 대해서 알고 있던 영국의 한 기자가 그 정체를 퍼뜨려서 무당그룹의 주가에 타격을 주려 했어. 그래서 뒤를 캐고 있던 도중에 당문과의 접촉에 대해서 알게 된 것이지."

"놈이 접촉한 이유는?"

"아마도 도박 빚 때문이겠지?"

"…미친놈이군. 도대체 도박 빚이 얼마나 많으면 그 직책에 있으면서도 돈이 모자라 당문과 손을 잡아?"

"하루에 10억을 넘게 쓸 때도 있고 100억대 도박을 벌인 적도 있대. 간이 배 밖으로 나온 놈이지."

"제정신이 아니군."

"그런데 재미있는 것은 놈의 사부가 내가권의 고수라는 점이지. 이게 무슨 뜻인지 알아?"

"놈이 이모를 병원 신세 지게 만든 내가권을 빼돌린 것이구나!"

"모든 정황으로 비춰볼 때 그놈이 어머니를 위협하고 이모부를 시해한 천권칠풍을 빼돌린 것이 틀림없어."

"하긴, 천권칠풍은 제아무리 장문인이라고 해도 재능이 없으면 연성할 수 없을 테니 실력이 더 뛰어난 내가권의 고수에게 전수하는 것이 마땅하지."

"뛰어난 사부를 둔 덕분에 장천일은 탄탄대로를 걸을 수 있었지만, 정반대로 독이 되고 만 거야. 고양이 앞에 생선을 둔 격이지."

츠바사는 태하가 남미로 갈 것을 이미 알고 있었다.

"칠레로 갈 거지?"

"가야지. 가서 한바탕 휘저어 줘야 하지 않겠어?"

"그래, 기왕지사 가는 것이라면 확실하게 보여줘. 형이 어떤 사람인지 말이야. 그럼 놈이 찾아오게 되어 있어. 당문이 망하고 난 이후엔 기댈 곳도 없는 마당인데 남미에서 한 건 제대로 올려야 먹고살지 않겠어?"

"회사를 살리는 동시에 놈을 낚아 올리자?"

"그런 셈이지."

곧이어 츠바사는 두 번째 용의자에 대해서 설명하였다.

"그다음 노스트룩스의 레이첼 이스트우드. 나이는 20대 초반으로 보이지만 정확한 것은 몰라. 얼굴을 자세히 본 사람이 없거든."

"그나저나 노스트룩스가 뭐 하는 곳이야? 수렵단이야?"

"수렵단이긴 한데 하는 일이 많아. 몬스터를 잡기도 하지만 사람도 잡아 죽이지."

"청부업자?"

"그렇게 보면 편하겠군."

"흠, 일개 청부업자가 그렇게 뛰어난 내공을 가지고 있다?"

"창술의 달인이래. 이런 창을 사용한다고 하던데?"

츠바사가 내민 사진에는 푸른색 용 무늬가 그려진 창이 들어 있었다.

순간 태하는 화들짝 놀랐다.

"어, 어어……?! 이게 정말 그녀가 쓰는 물건이야?"

"응."

태하는 이 창을 본 적이 있다.

"얼마 전 당문을 쳐부술 때 두 번이나 봤어. 이 창을 쓰는 사람이 레이 라이언과 당영성을 죽였어."

"그렇다면 확실하군. 이 여자가 핵심 인물이야. 혹시나 정보가 샐까 봐 미리 그놈들을 죽인 것이지."

"노스트룩스라… 만약 네 말이 사실이라면 생각보다 더 대단한 놈들이겠군."

"아직까지 정확한 것은 아무도 몰라. 놈들에 대해서 알려진 사실이 거의 없기 때문이지."

츠바사는 미끼를 던져보기로 했다.

"들리는 소문에 의하면 형을 찾아다니는 놈들이 있다고 해."

"나를?"

"얼마 전 서울시청의 데이터베이스가 뚫려서 주민등록 자료가 전부 다 털렸대. 그때 형의 자료가 유출되어 주민등록 재발급과 초본 발급이 신청되었어. 그 자료를 바탕으로 형의 뒷조사까지 이뤄졌고."

"그놈들이 노스트룩스일 가능성이 높은 것이군."

"아마도."

"흠."

"아무튼 이 베일에 싸여 있는 놈들부터 찾아내야 해. 아마 장천일이 그 교두보가 되지 않을까 생각해."

"좋아, 그럼 남미에서 한번 사활을 걸어보자고."

이제 일 얘기가 슬슬 끝나갈 무렵, 두 사람은 점심을 함께 하기로 했다.

"또 할 얘기 있어?"

"자잘한 집안 얘기 정도?"

"그럼 아래로 내려가서 점심이나 먹으면서 얘기하자."

"식당은 안 돼. 위치가 노출되면 안 되거든. 그냥 옥상에서 먹어."

"옥상?"

츠바사는 미리 준비해 둔 회덮밥과 소주를 꺼내 들었다.

"여기서 한잔하지, 뭐."

"이야, 요즘 심안을 배운다고 하더니 앞이 잘 보이나 봐? 도시락도 준비하고 말이야."

그는 멋쩍게 웃었다.

"눈이 안 보이니 오히려 편해. 시각은 퇴화했어도 앞은 예전보다 더 잘 보이거든. 예전에는 안 보이던 것도 보이고."

"그 심안, 나중에 기회가 된다면 나도 배울 수 있나?"

"하오문의 속가제자가 된다면 당연히 배울 수 있지. 하지만 수련 방식이 조금 독특해. 형처럼 의술을 배웠거나 정통 무예에 조예가 깊은 사람은 거리낌이 들 수도 있지."

"후후, 그거야 예전의 너도 마찬가지 아니었나?"

"나야 모든 것을 잃고 새로 시작하는 마음으로 밑바닥에서부터 다시 시작한 것이니 가능한 일이었고."

"그래?"

츠바사는 마치 득도라도 한 사람처럼 말했다.

"모든 것을 잃어봐야 새로운 것을 배울 수 있는 법이지. 그런 면에서 본다면 형은 심안을 배우면 안 되는 사람이야. 형이 모든 것을 잃으면 우리 집안은 어떻게 해?"

"그런가?"

"나중에 제대로 된 기회가 온다면 교육기관을 소개해 줄 게."

"그래, 알았다."

두 사람은 마주 앉아 술잔을 기울이기 시작했다.

＊ ＊ ＊

강원도의 한적한 시골 마을에 천하랑의 SUV가 달려와 멈추어 섰다.

끼익!

5,000cc급 허머를 애용하는 그는 시간이 날 때마다 산골을 돌아다니는 취미를 가지고 있었다.

천하랑이 차에서 내리자 곱게 한복을 차려입은 여인이 그를 마중 나왔다.

"장로님, 오셨습니까?"

"잘 있었는가?"

"예, 덕분에 잘 지냈습니다."

"마 사장은?"

"밭에 나갔습니다. 아마 저녁쯤이나 되어야 들어올 겁니다."

"그래? 그럼 마 사장은 다음에 봐야겠군."

"일단 들어오시지요. 먼 길 오시느라 시장할 테니 찬거리라도 좀 드시는 것이 어떻습니까?"

"한 상 봐준다면 먹어야지."

그녀를 따라 시골집 안으로 들어가 보니 떡갈나무 선반으로 만든 주방과 그 앞에 놓인 높은 마루가 보인다.

마루에 앉아 있으면 요리를 하는 사람이 곧바로 음식을 전달하여 먹을 수 있도록 만들어져 있었다.

"잠시만 계시지요."

"알겠네."

그녀는 소고기와 해산물 몇 가지를 손질하여 요리를 준비하였다.

천하랑이 그런 그녀를 바라보며 물었다.

"사두룡을 제압한 사람을 찾으러 다니는 놈이 있다고?"

"예, 장로님. 화산그룹의 진명수 총괄이사입니다."

"진명수라……."

"진명수는 꽤 오래전부터 사두룡을 잡겠다고 혈안이 되어 있었습니다. 그러니 추격의 날을 바짝 세우는 것도 무리는 아니지요."

"하지만 그렇다고 해도 무턱대고 무고한 사람들을 겁박하는 것은 잘못된 일이 아닌가?"

"그렇지요."

천하랑은 진명수가 노리고 있던 사두룡의 죽음에 대해서

전해 들은 적이 있다.

그 이후 남미에 관심을 두고 있었는데, 때마침 진명수가 던 전을 가지고 난리를 치는 바람에 드마트라 마을에 대해서 알 게 된 것이다.

그는 드마트라를 도와준 사람이 명화금융의 계좌를 사용했 고, 그것이 장주원이 태하에게 준 비상금 통장이라는 것을 알 아냈다.

한마디로 이 일은 태하가 벌인 일일 가능성이 높다는 소리 였다.

"일단 그놈이 어째서 사두룡을 잡은 사람에게 그리 집착하 는 것인지 알아봐야겠네."

"예, 알겠습니다. 그나저나 명화금융에 빨대를 꼽은 것은 어 떻게 처리할까요?"

"조사가 어디까지 진행되었다던가?"

"장주원 사외이사의 계좌인 것만 알려졌습니다."

"그럼 더 이상의 정보가 새어 나가지 않도록 처리해 두게."

"예, 알겠습니다."

"제아무리 저돌적인 놈이라고 해도 이미 차기 부회장으로 낙점된 주원이를 어떻게 할 수는 없겠지."

이윽고 그녀는 맛깔나게 차려낸 구첩반상을 천하랑의 앞에 내려놓았다.

"차린 것은 없지만 많이 드십시오."

"고맙네. 잘 먹겠네."

그는 말없이 음식을 비워낸 후 탁자 위에 통장을 올려놓았다.

"자네 아버지께 전해드리게. 생활비에 보태면 될 거야."

"저희들은 이미 명화방에서 돈을 받고 있는데……"

"알아. 하지만 자네가 고아원에 후원하느라 돈이 궁하다는 것을 알고 있어. 아무리 그래도 생활비 정도는 남겨두는 것이 좋지 않겠나?"

"예, 장로님."

"아무튼 나는 가네. 잘 지내시게."

"살펴 가십시오."

천하랑은 다시 SUV를 타고 유유히 사라져 갔다.

*　　　　　*　　　　　*

칠레의 수도 산티아고 벨엘티 호텔 스카이라운지에 부총리 후안 안토니오가 앉아 있다.

그는 아까부터 연신 불안한 기색을 감추지 못하고 있었다.

"후우……"

그가 이렇게까지 불안한 모습을 보이는 것은 현재 칠레 중남부에 일어나고 있는 몬스터 폭동 사건 때문이었다.

이번 폭동으로 인하여 무려 1만 5천 명의 사상자가 발생하였고 5천억 페소가 넘는 재산 피해를 남겼다.

만약 이대로 폭동을 진압하지 못하게 된다면 칠레는 얼마 지나지 않아 폐허로 변해 버리고 말 것이다.

그는 자신을 배신한 지하 세계 무인들을 원망하고 있었다.

"…개자식들! 제 놈들의 아가리로 들어간 돈이 얼마인데 우리를 배신해?!"

화산그룹을 비롯한 5개 무인 집단은 이미 중국으로 돌아가 버렸고, 그나마 남은 AM그룹과 명화방 역시 후퇴를 고려하는 중이다.

만약 이들이 빠지면 애써 이룩해 놓은 에너지 생산국의 경제는 산산조각이 나고 말 것이다.

하지만 그런 그에게 손을 내민 사람이 있었다.

파밧!

무려 81층에 이르는 스카이라운지로 한 사내가 공중에서 뚝 떨어져 내렸다.

후안 안토니오는 화들짝 놀라며 그를 바라보았다.

"다, 당신이 바로……."

"반갑습니다. 조가괴협이라고 합니다."

그는 조가괴협에게 꾸벅 고개를 숙였다.

"이렇게 찾아와 주시니 얼마나 고마운지 모릅니다!"

"고맙긴요. 다 먹고살자고 하는 짓인데요."

"누추하긴 합니다만 이쪽으로 와서 앉으시죠."

"고맙습니다."

변안공으로 얼굴을 바꾼 태하는 전혀 새로운 인상으로 조가괴협을 연기하고 있었다.

후안 안토니오는 태하에게 수렵단에 대한 얘기부터 꺼냈다.

"수렵단은 조직되었습니까? 만약 그렇다면 언제쯤 출격이 가능하신지요?"

"현경의 고수 150명이 준비되었습니다. 원하신다면 내일이라도 수렵단을 출격시킬 수 있을 겁니다."

"혀, 현경!"

태하는 짐짓 걱정스러운 표정을 지었다.

"다만 문제가 하나 있습니다."

"문제요? 어떤……."

"지금 저는 인터폴에 쫓기는 몸입니다. 한마디로 범죄자라는 소리죠. 범법자가 이곳에서 수렵을 하는데 말이 나오지 않겠어요?"

후안 안토니오는 딱 잘라서 그런 의구심을 말살시켰다.

"나라가 망하게 생겼는데 무슨 범법자 운운하겠습니까? 인터폴과 제가 직접 협상을 보겠습니다."

"가능하시겠어요?"

"만약 안 된다면 국내법을 개정시켜서라도 대협을 모셔올 겁니다."

"으음, 그렇게까지 편의를 봐주신다니 감사를 드려야겠군요."

"아니요, 감사는 저희가 드려야 하지 않겠습니까? 나라를 구해주시는데요."

후안 안토니오는 태하에게 최대한 빠른 시일 내에 투입할 것을 못 박아두었다.

"모든 것을 각설하고, 저희들이 뒷감당까지 하는 것으로 마무리를 짓지요."

"알겠습니다. 그럼 내일 당장 중남부 전선으로 내려가겠습니다."

"감사합니다! 정말 감사합니다!"

이제 칠레에 새로운 사냥터를 갖게 된 태하이다.

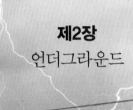

제2장
언더그라운드

칠레 중남부 지역 최전방 전선 오이긴스 주.

휘이이잉!

현재 이곳은 도시가 전손되고 공장과 생산 시설이 불에 타버려 더 이상 사람이 살 수 없는 도시가 되어버렸다.

이곳은 이제 오로지 몬스터들의 울음소리만 가득한 황야 지대로 변해가고 있는 것이다.

그러한 오이긴스 주로 150명의 현경 고수가 투입되었다.

—깡, 깡!

관절에서 다이아몬드 부딪치는 소리가 나는 이들의 중앙에 조가괴협 태하가 서 있다.

그는 고개를 들어 안전 펜스 너머로 보이는 엄청난 숫자의 몬스터들을 바라보았다.

끄에에에에엑!

귀가 찢어지는 듯한 괴성이 태하의 고막을 때리자, 금강석 인형들이 먼저 반응했다.

스스스스스!

사신무의 네 가지 진기가 금강석 인형 위로 피어나 형형색색의 물결을 만들어냈다.

금방이라도 저놈들을 쓸어버리겠다는 굳은 의지를 표명하고 있던 금강석 인형들에게 태하가 말했다.

"아직, 아직 아니다. 조금만 더 기다려."

—깡깡!

태하는 맨땅에 발을 한차례 굴렀다.

쿠웅!

그러자 그의 내력이 지평선 끝까지 퍼져 나가 대지를 울렸다.

크헤에에에엑!

진동이 울려 퍼지자마자 하나둘 새롭게 모습을 드러낸 몬스터들이 서서히 흙먼지를 일으키기 시작했다.

쿠그그그그그그!

태하는 드디어 때가 되었다고 생각했다.

챙!

금강석 검을 뽑아 든 태하가 돌격을 명령하였다.

"돌격!"

—깡깡깡!

150개의 금강석 인형이 각자 맡은 사신무를 사용하여 적들을 무참히 도륙하기 시작하였다.

콰지지지직!

퍼어엉!

청룡, 주작, 백호, 현무의 구결이 몬스터들에게 작렬하여 사방을 피투성이로 만들어 버렸다.

크헥, 크헥!

초록색 혈액이 사방으로 튀어 오르는 가운데 태하가 매화 검법을 뻗어냈다.

"암향부동화!"

그의 손에서 피어난 한 그루의 매화나무가 사방으로 매화 꽃잎을 흩뿌려 댄다.

휘이이이이잉!

그 꽃잎은 날카로운 비수가 되어 몬스터들의 수급을 무참히 도륙내기 시작했다.

좌라라라라락!

사방을 진하게 물들인 매화 향기가 다시 한차례 폭발을 일으켰다.

"설매쟁투!"

한겨울의 꿋꿋한 매화꽃이 투쟁하듯 그 기개가 사방을 뒤덮었다.

쿠오오오오!

쾅!

화려한 검기와 초식이 난무하는 가운데 저 멀리서 오우거 무리가 달려오고 있다.

쿵쿵쿵!

태하는 흥미롭다는 듯이 웃었다.

"오호라, 저게 바로 오우거라는 놈들인 모양이군."

오우거는 무려 5미터의 키에 온몸이 근육질로 되어 있어 가공할 만한 파괴력을 만들어낸다.

지금까지 무인 연합이 뒤로 물러난 것은 저 어마어마한 오우거 무리 때문이다.

무려 500마리가 넘는 오우거가 한 떼를 이루고 있으니 제아무리 높은 방벽과 화망을 구성한다고 해도 소용이 없었다.

하지만 그것은 어디까지나 현경 이하의 고수들에게나 해당하는 것이다.

태하는 주작구결의 화열격을 화살로 만들었다.

화르르르륵!

그는 금강석 검을 대장궁의 형태로 바꾸어 그 시위에 화열격의 화살을 걸었다.

"이거나 먹어라!"

활시위를 떠난 화열격은 1초에 무려 2천 번을 회전하며 날아가 주변을 불길의 소용돌이 안에 빠뜨려 버렸다.

이 불길의 소용돌이에 스친 괴물들은 속절없이 죽어 흔적도 없이 타버렸다.

오우거의 시신은 값이 꽤 비싸긴 하지만 지금 태하의 목적은 시신을 거두어 돈을 버는 것이 아니었다.

그렇기 때문에 코어만 상하지 않는 선에서 마음껏 폭발을 일으키고 있는 것이다.

일격에 300마리의 오우거가 사망하자 금강석 인형들이 거대한 도끼를 짊어지고 달려 나갔다.

―깡, 깡!

퍼억!

무려 길이 3미터의 거대한 도끼를 나무 곤봉처럼 휘두르는 금강석 인형들에게 오우거는 그저 키만 좀 큰 샌드백에 불과했다.

부웅!

하늘 높이 떠오른 금강석 인형 하나가 백호 지진술격을 펼

쳤다.

끼릭!

지진술격은 반경 500미터 안의 모든 적이 진기의 지진 속에 들어가는 백호구결의 상승 무공이다.

오우거들은 찍소리도 못 내고 그 자리에서 뇌수를 쏟으며 죽어나갔다.

푸하아아아악!

이렇게 무지막지한 사냥으로 인해 오우거들이 줄줄이 죽어나가자, 몬스터들은 슬슬 태하의 눈치를 보다가 꽁지가 빠져라 도망가기 시작했다.

끼헤에에에엑!

"저놈들을 쫓아라! 한 놈도 살려두지 마라!"

철컥!

금강석 인형들은 태하의 머릿속에 있는 정보를 인용하여 50대의 스포츠카로 합체하였다.

스포츠카의 지붕과 보닛에는 기관총이 달려 있었는데, 이곳에서 진기의 총알이 발사되었다.

두두두두두두!

퍼억!

크헤엑!

사람 팔뚝만 한 진기가 앞으로 쇄도해 나가면서 적들을 무차별적으로 사살해 나갔다.

덕분에 지평선 너머 가득하던 몬스터들이 아주 빠르게 사라져 갔다.

태하는 중남부 전선 최전방이던 오이긴스 주를 수복하였다.

"그만!"

―깡, 깡!

"오이긴스 주를 회복했으니 이제 시신들을 챙기자."

초대형 트레일러로 변신한 금강석 인형들이 몬스터의 시신을 KP무역 전진기지로 실어 나르기 시작했다.

*　　　　*　　　　*

같은 시각, 인터폴 남미 지부에 후안 안토니오가 찾아왔다.

그는 지부에 들어오자마자 지부장을 찾아가 조가괴협에 대한 제재를 철수할 것을 건의하였다.

지부장 마이클 핸더슨은 난감하다는 표정을 지었다.

"부총리님, 아무리 나라의 사정이 급박하다고 해도 범법자를 동원한다는 것은……"

"말이 안 된다고 생각하시는 겁니까?"

"예, 그렇습니다."

"그렇다면 대안을 제시해 주시지요."

"대안……."

"그 사람 말고 또 다른 누가 수렵팀을 꾸려 전선을 막을 수 있단 말입니까?"

"없지요. 하지만 만약 그놈이 마음을 바꾸어 먹고 돌아선다면 어떻게 하실 겁니까?"

"지금 그런 말도 안 되는 지레짐작으로 나라를 말아먹도록 놓아두란 말인가요?"

"지레짐작이 아니라……."

바로 그때, 인터폴 소속 정보원이 달려왔다.

"지부장님! 지금 중남부 전선에서 연락이 왔습니다!"

"중남부 전선?"

"오이긴스 주를 다시 수복했답니다! 또한 오우거 무리 500마리와 몬스터 군단 4천 마리가 전부 사살되었답니다!"

"허, 허억!"

후안은 마이클을 물끄러미 바라보며 물었다.

"자, 이래도 그를 동원하지 말아야 합니까?"

"그렇지만……."

"만약 인터폴에서 협조를 안 하시겠다면 별수 없습니다. 우리가 단독으로 법안을 수정해서 그를 수용하는 수밖에요."

"……."

"하지만 하나만 알아두세요. 만약 우리가 뚫리면 다른 남미 지역은 물론이거니와 중남미, 북미까지 죄다 쓸릴 겁니다. 제아무리 미국이라도 저들을 막을 힘은 없어요. 명심하는 것이 좋을 겁니다."

지금 미국을 비롯한 아메리카의 여러 나라가 몬스터 폭동에 대비하여 군사력을 중남부로 전진 배치하는 중이다.

하지만 그것은 임시방편에 불과할 뿐, 사태를 해결할 수 있는 근본적인 해법이 아니었다.

때문에 현재 미국에서도 조가괴협을 UN으로 끌어들여 면죄부를 주는 대신 몬스터를 수렵하게 하는 것이 어떠냐는 의견이 나오고 있었다.

이제 이 의견이 국회의 대부분을 지배하려는 바, 대통령이 직접 유엔군 사령관을 만나 협의에 들어갈 가능성도 있었다.

상황이 이런데 인터폴이라고 계속해서 그들을 제재할 수는 없을 터였다.

"…우리가 뭘 어떻게 해주면 되겠습니까?"

"말 그대로 그를 풀어주세요. 그가 자유롭게 사냥하고 다닐 수 있도록 해달라는 겁니다."

"휴우, 이것 참, 범법자에게 아메리카 대륙을 맡겨야 한다니 기가 찰 노릇입니다."

"기가 차도 어쩔 수 없습니다. 그는 이미 우리의 영웅입니다. 영웅을 구속하는 것은 말도 안 되는 일이지요."

"…그래요. 잘 알겠습니다."

순식간에 일어난 일이지만 어찌 되었든 간에 조가괴협은 이제 적어도 아메리카 대륙에선 범법자가 아닌 영웅으로 통하게 될 것이다.

*　　　　*　　　　*

화산그룹 남미 지부 총괄이사 집무실에 진명수가 앉아 있다.

그는 방금 전 올라온 보고서를 읽어보고 있는 중인데, 그 표정이 미묘하게 일그러졌다.

"…인터폴이 손을 뗐다?"

사두룡을 잡은 드마르타의 영웅이 사라지고 나니 조가괴협이라는 의문의 인물이 나타나 오우거 무리를 쓸어버렸다.

그런데 웃긴 것은 조가괴협이 바로 화산파와 연관이 있다는 점이다.

그는 사문에 연락을 취하여 조가괴협에 대한 정보를 물었다. 하지만 사문에선 그 질문을 받자마자 단칼에 전화를 끊어버렸다.

도대체 조가괴협이 뭐 하는 놈인지는 몰라도 사문에서 이 정도 반응을 보이는 것을 보면 심상치 않은 인물임에는 틀림 없었다.

그는 비서실장을 불렀다.

"지금 당장 조가괴협인가 뭔가 하는 놈의 행방을 수소문하 게."

"그놈을 먼저 찾는 것 아니었습니까?"

"계획이 바뀌었다. 그놈을 찾으면서 이놈도 찾는다. 다다익 선. 센 놈이 많을수록 좋은 법이지."

"하지만 보이는 족족 사람을 죽인다고 하던데, 우리가 당하 면 어쩝니까? 괜히 뒤를 캤다가 발각되면 가만있지 않을 텐데 요?"

"괜찮아. 같은 화산파 사람끼리 죽이기야 하겠나?"

"으음, 그건 그렇군요."

"그나저나 사사숙의 제자라니, 도대체 그 양반이 무슨 재주 가 있어서 저런 괴물을 키워냈을까?"

"듣기론 평생을 초야에 묻혀 무학을 연구해 제자에게 그것 을 모두 전수해 주었다고 하더군요."

"본인의 절학을 그런 애송이에게 전수해 주었다? 그것도 인 생을 모두 바쳐서?"

"모든 사부들이 그러하지 않습니까? 자신의 흔적을 이 세상 에 남겨줄 제자에게 모든 것을 바치지요. 그래서 군사부일체라는 말이 있는 것 아니겠는지요."

"흠……."

"아무튼 놈과 연이 닿으려면 분명 보통 방법으론 안 될 겁니다. 칠레 정부에 줄을 대는 것이 좋겠습니다."

"그쪽에 믿을 만한 사람이 있나?"

"100% 신뢰할 수는 없어도 이런 자잘한 부탁쯤은 들어줄 겁니다."

그는 고개를 가로저었다.

"아니, 이제는 이게 자잘하지 않게 되었다. 유엔에서까지 관심을 보이는 대스타를 아무나 보여주겠나? 잘못해서 마음이 상하면 남미를 떠날 수도 있는데."

"그렇군요. 제 생각이 짧았습니다."

진명수는 통장을 하나 건넸다.

"공직자라면 몬스터 코어와 같은 것은 잘 만지지 못하겠지. 큰 것으로 몇 장 뽑아다가 안겨줘. 그래야 뒤끝이 없지."

"예, 알겠습니다."

진명수는 흥미로운 미소를 지었다.

"조가괴협이라… 아주 재미있는 놈이로군."

과연 그와 인연이 닿을지 소식이 자못 궁금해지는 진명수다.

　　　　＊　　　　　＊　　　　　＊

　조가괴협의 등장으로 인해 남미의 수렵 시장은 큰 변화를 맞이하게 되었다.

　에너지 생산지 순위 상위 10% 안에 드는 칠레의 던전이 신성 수렵단 금강단의 수중으로 떨어지게 된 것이다.

　태하는 금강단의 이름으로 된 차량에 엄청난 양의 몬스터 코어를 싣고 항구로 향했다.

　부르르르르릉!

　트레일러 열 대 분량의 몬스터 코어는 사람들의 이목을 집중시키기에 충분했다.

　그중에서도 태하를 노려보는 무인들의 눈초리가 가장 따가웠다.

　하지만 태하는 그들을 신경 쓰지 않았다.

　만약 저들이 트럭을 노리고 달려든다면 일거에 쓸어버리고 이곳을 독식하면 그만이기 때문이다.

　태하는 항구로 전화를 걸었다.

　"AP그룹으로 갈 겁니다. 준비해 주세요."

　―예, 알겠습니다.

　전화를 받은 수행 비서가 태하에게 뜻밖의 얘기를 해왔다.

　―누가 찾아왔습니다.

"누구요?"

―화수라고 합니다.

"화수?"

―빛날 화 자에 머리 수 자를 쓴답니다.

"그게 이름이랍니까?"

―네, 그렇다고 하더군요.

"으음……."

―블랙슈거에 대해서 할 말이 있다고 합니다.

블랙슈거는 몬스터 코어를 처음 에너지원으로 만들었을 당시에 붙여진 이름이다. 이를 프로젝트화 시킨 것을 두고 '블랙슈거 프로젝트'라고 하였다.

태하는 일단 진명수보다 화수라는 사람을 만나보기로 했다.

"그 화수라는 사람과 약속을 잡으시죠."

―그럼 일단 신원 조회부터 시작하겠습니다.

"아니요. 그럴 필요 없어요. 간단히 만나서 얘기나 들어봅시다."

―네, 알겠습니다.

전화를 끊은 태하는 트레일러를 항만으로 가지고 가서 배에 차곡차곡 실었다.

항만 크레인을 이용해 배에 코어를 적재하는데 저 멀리서 세관이 찾아와서 물었다.

"소속이 어디시죠?"

"금강단입니다. 일본 AP그룹으로 코어를 보내고 있지요."

"아아, 그러시군요."

이제 금강단이라는 이름은 어디를 가든 한 번쯤은 들어보았을 법한 이름이 되었다.

세관은 통과필증을 건넸다.

"조심히 가세요."

"고맙습니다."

태하는 처음으로 AP그룹이 직접 수확한 코어를 가지고 일본으로 돌아갔다.

*   *   *

늦은 밤, 헝가리 부다페스트 번화가에 화려하고 고즈넉한 불빛이 피어나고 있다.

핑융!

퍼엉!

사람들은 불꽃놀이를 바라보며 저마다 감탄사를 내뱉고 있었다.

그러나 불꽃놀이에는 별 관심이 없는 사람도 있게 마련이다.

번화가 뒷골목에 선 두 명의 여자가 나란히 걸으면서 얘기를 주고받고 있다.

"전민우와 박미현의 밀회라……."

"예, 팀장님."

명화금융 남미 지부 내사팀장이던 위시현은 본사 내사과장으로 정식 발령을 받아 유럽에 와 있었다.

그녀는 최근 실종된 것으로 알려져 있는 박미현의 거취를 파악하기 위해 이곳에 왔다.

원래 박미현은 일찌감치 장지원 본부장을 구하기 위해 편성된 원정 멤버에 포함되어 있었다.

비행기가 폭발하면서 해상에서 실종된 박미현이 엉뚱하게도 유럽에서 발견된 것이다.

위시현은 그녀에 대해서 조사하기 위해 유럽으로 파견되었다.

"두 사람이 기억상실에 걸렸을 가능성은?"

"박미현이라면 가능성이 있습니다만, 전민우는 기억상실에 걸릴 이유가 없습니다."

"전민우라……."

박미현이 유럽에서 발견되었을 당시 연인인 전민우와 함께 있던 것으로 보였다.

굳이 두 사람이 유럽에서 밀회를 가져야 할 이유가 과연 무엇인지 위시현은 그것을 조사하려는 것이다.

그녀는 정보원에게 물었다.

"현재 전민우는 어떻게 생활하고 있나?"

"사성그룹 유럽 지부에서 무역 수출을 총괄하고 있답니다."

"한국에서 잘 있다가 갑자기 유럽 지부 전출이라?"

"듣기론 그가 자원해서 한 달에 네 번 정도 고국을 오가면서 생활하고 있답니다."

"박미현과의 밀회를 위해서 짜놓은 틀인 모양이군."

"도대체 두 사람이 왜 밀회를 갖는 것일까요?"

"이제부터 알아봐야지."

그녀는 정보원에게 박미현에 대한 심층 조사를 명령하였다.

"박미현 이사의 재산 현황과 그녀의 비공식 계좌 등을 알아봐 주게."

"예, 알겠습니다."

"나는 전민우에 대해서 조금 더 캐봐야겠어. 아무래도 저 두 사람, 뭔가 있다."

지금까지 박미현이 공식 석상에 나타나지 않은 것은 당문에 대한 두려움 때문일 수도 있다. 하지만 만약 그렇지 않다면 일이 조금 복잡해질 것이다.

그녀는 이 사실을 가장 먼저 태하에게 알렸다.

—예, 접니다.

"위시현입니다."

그녀는 자신이 아는 사실을 그에게 모두 전달하였다.

태하는 자신이 해줄 수 있는 일에 대해서 말했다.

—그렇다면 제가 전민우에 대해서 알아봐 드리겠습니다. 마침 제 동생이 하오문에 들어가 있거든요.

"하오문이라면 중국의 정보 단체를 말씀하시는 겁니까?"

—네, 맞아요. 그곳의 차기 문주로서 수련을 받고 있으니 이정도 정보를 파내는 것은 그리 어렵지 않을 겁니다.

"알겠습니다. 그럼 저도 나름대로 한번 알아보고 있겠습니다."

—그래 주십시오.

위시현은 사성회 유럽 지부로 향했다.

*　　　　*　　　　*

AP그룹 본사 회장 집무실로 검은색 후드를 뒤집어쓴 남자가 찾아왔다.

비서들과 일리나는 그가 자꾸만 신경 쓰여 일손이 잡히지 않았다.

자세한 내막을 모르는 그녀들이 보기엔 그저 동냥질하러온 걸인으로밖에 보이지 않았기 때문이다.

"회장님께선 어째서 저런 남자를……."

"뭔가 생각이 있으시겠지."

잠시 후, 엘리베이터 문이 열리며 깔끔한 정장 차림의 태하가 들어왔다.

"손님이 오셨다고?"

"예, 회장님. 어제부터 계속 이곳에서 기다리고 계십니다."

"그렇군."

태하는 후드를 뒤집어쓴 화수라는 남자에게 다가갔다.

"안녕하십니까? 제가 회장입니다."

"…제가 알기로 회장님은 나이가 조금 더 드신 것으로 기억합니다만?"

"아아, 얼마 전에 바뀌었습니다. 조카인 제가 물려받았거든요."

"그렇군요. 그럼 장주원 회장님을 만나려면 어디로 가야 합니까?"

"일단 저부터 만난 이후에 얘기를 나누시지요."

"음……."

망설이는 듯한 표정의 그에게 태하가 말했다.

"무슨 일인지는 잘 모르겠습니다만, 정보를 주시고 신변 보호를 요청하시는 것이라면 잘 찾아오신 겁니다. 적당한 기관을 알고 있거든요."

"어떤······."

"혹시 하오문이라고 들어보셨습니까?"

순간, 그가 눈을 번쩍 떴다.

"하오문?"

"비록 세월이 많이 흐르긴 했지만 아직까지 건재합니다. 그들에게 당신을 맡기면 아마 죽을 때까지 안전하게 지낼 수 있을 겁니다. 그 정도 능력은 있는 사람들이거든요."

"그렇다면······."

태하는 수행 비서들에게 앞으로 얘기가 끝날 때까지 그 어떤 접근도 허락하지 않겠노라고 못을 박았다.

"나는 지금부터 이곳에 없는 겁니다. 도쿄에 핵폭탄이 떨어지지 않는 이상 나를 부르지 말아요."

"예, 알겠습니다."

회장 집무실은 완전 방음이 되어 있으니 태하가 이곳에 있다는 사실만 모른다면 완벽하게 위장할 수 있었다.

태하는 본격적으로 그의 얘기를 들어보기로 했다.

"자, 그럼 시작해 볼까요?"

"···담배가 있다면 좀 피울 수 있겠습니까?"

"그러시죠."

그는 군에서 즐겨 피우던 국산 담배 'T-PLUS' 한 갑을 내밀었다.

"제 입이 고급이 아니라 좋은 담배는 지금 없습니다. 원하신다면 새로 구해다 드리지요."

"아닙니다. 이 정도면 충분합니다."

"담배는 많으니 마음껏 태우십시오."

그에게 담배를 내민 태하 역시 자신이 피우던 담배를 꺼내 들었다.

마주 앉아 담배를 한 모금 머금은 두 사람은 본격적인 대화에 들어갔다.

"듣자 하니 블랙워터에 대한 얘기를 하시려 한다고요?"

"그렇습니다. 지금으로부터 20년도 훨씬 넘게 지난 얘기지요."

그는 떨리는 손으로 담배를 부여잡으며 말했다.

"저는 원래 대한민국 검사 출신입니다. 중수부에서 에이스로 이름을 날리던 시절도 있었지요."

"대검찰청 중앙수사부 말입니까?"

"예, 그렇습니다. 그곳에서 중수부 제1과장 민정식 부장검사와 함께 일했지요."

화수는 태하에게 아주 오래된 파일 하나를 건넸다.

파일 안에는 컴퓨터 프린트물이 아니라 구식 타자기로 작성한 보고서들이 잔뜩 들어 있었다.

"이것은 최초로 몬스터 에너지 개발을 주도한 회사와 그에 대한 자료가 들어 있는 파일입니다. 보시다시피 파일 안에는 한국 사람의 이름만 들어 있지요."

"원래 블랙워터 프로젝트는 미국에서 처음 시작된 것 아닙니까?"

"대외적으로 알려진 것은 그렇습니다만, 사실은 그와 다릅니다. 당시까지만 해도 미국은 그동안 쌓아둔 경제 기반을 바탕으로 세계의 경제 시장을 쥐고 흔들었습니다. 제아무리 한국이 에너지 생산국의 반열에 올라 있었다고 해도 현금으로는 그들을 당할 수가 없었지요. 해서 그들은 CIA를 통하여 프로젝트의 전반을 모두 빼돌릴 사람을 물색합니다."

"그것은 엄연히 말하자면 기밀 유출이라 죄가 중하지 않습니까? 제가 법은 잘 몰라도 그 정도면 꽤 죄가 클 것 같은데……."

"그렇지요. 죄가 큽니다. 그래서 법에 대해서 잘 알고 주로 큰 사건을 다루는 사람이 낙점된 겁니다."

"혹시 그 사람이……."

"바로 민정식 과장이지요."

"그렇다면 CIA가 민정식 과장을 이용하여 미국으로 기술을 빼돌린 것이군요."

그는 고개를 가로저었다.

"아닙니다. 저도 처음엔 그렇게 생각했습니다. CIA와 접촉하고 그들을 통하여 정보까지 교환하였으니 그렇게 보일 수도 있겠지요. 그러나 사실은 다릅니다."

화수는 태하에게 꽤나 익숙한 단어를 꺼내 들었다.

"혹시 청야성에 대해서 들어본 적이 있으신지요?"

"…청야성!"

"표정을 보니 들어본 적이 있는 모양이군요."

"에너지 산업을 좌지우지한다는 그 암흑계의 큰손을 말씀하시는 것인지요?"

"그렇습니다. 아주 정확하게 알고 계시군요."

그는 자신이 홀로 청야성에 대해 조사한 사실들을 풀어놓기로 했다.

"제가 당신에게 청야성에 대한 얘기를 꺼내놓는 순간 우리는 한배를 타게 되는 겁니다."

"알고 있습니다. 더군다나 청야성은 부고하신 제 부모님과 외가 어른들의 원수입니다. 안 그래도 그들에 대한 정보를 저 또한 모으고 있던 참입니다."

"그랬군요."

화수는 태하에게 술자리를 제안했다.

"괜찮다면 술이나 한잔하면서 얘기하시죠. 좀 길어질 것 같은데."

"저야 좋지요. 제가 모시겠습니다. 잘 아는 선술집이 있는

데, 오가는 사람이 없는 지역에 틀어박혀 있습니다. 하루 이틀 지내면서 술 한잔 걸치기엔 제격일 겁니다."

"고맙습니다. 신세 좀 지겠습니다."

태하는 그를 데리고 북해도로 향했다.

*　　　*　　　*

대만 타이베이 제가스틴 빌딩 지하 주차장으로 한 사내가 걸어오고 있다.

뚜벅뚜벅!

밖에는 지금 한창 비가 내리고 있어 그의 옷은 흠뻑 젖어 있는 상태였다.

그는 주차장 구석에 세워져 있는 승합차로 다가갔다.

똑똑.

사내가 문을 두드리자 자동으로 문이 열렸다.

"타라."

"……."

"어떻게 되었나?"

"…못 뚫었습니다. 아무래도 명화방에서 일부러 차단을 시켰거나 장주원 스스로가 블록을 시킨 것 같기도 합니다."

"제기랄, 그럼 장주원이 계좌의 주인이라는 것밖에는 알 수가 없는 것이군."

"예, 그렇습니다."

"젠장."

"아무래도 그쪽에서도 꽤 대단한 해커들을 대거 고용한 모양입니다. 인력을 증원시켜서 디도스 공격으로 시간을 벌면 정보를 캐낼 수 있을 것 같기도 합니다."

"흐음, 정말 증원을 시켜주면 뚫을 수 있다는 소리지?"

"수준급 해커들의 좀비 PC를 이용해서 디도스 공격을 일으키면 제아무리 뛰어난 해커 집단이라고 해도 별수 없을 겁니다. 데이터베이스를 다운시킨다면 모를까, 은행에서 그런 일을 벌일 리 없으니 우리에겐 충분한 시간이 주어지는 셈이죠."

"그래, 알겠다. 조만간 증원시켜 주도록 하지."

"예, 알겠습니다."

사내는 흰색 봉투를 하나 건네받았다.

"수고했다. 써라."

"실패했는데도 돈을 주십니까?"

"보너스라고 생각해."

"…고맙습니다."

차에서 나온 사내가 뒤돌아서자 차량 안에 타고 있던 소녀가 말했다.

"사두룡을 벤 그놈을 잡지 못하면 우린 어떻게 되는 겁니까?"

"목이 달아나는 거지. 너희들이 무너지는 바람에 별다른 대안이 없어졌단 말이다."

"…하지만 조가괴협이라는 그 미친놈이 너무 강력했습니다. 현경의 고수들이 줄줄이 나자빠졌단 말입니다."

"지금 그걸 변명이라고 하는 건가?"

"……."

"핑계는 죄악이다. 너희들에게 들어간 돈이 얼마인 줄 알고 그딴 소리를 지껄이는 것이냐?"

"죄송합니다."

이윽고 차량의 문이 닫히면서 승합차가 빗속을 뚫고 나갔다.

제3장
정체를 숨겨라

북해도 사라베스 촌의 작은 선술집에 태하와 화수가 마주 앉아 있다.

'눈보라'라는 이름을 가진 이 선술집은 AP그룹의 총수이던 장주원이 밀담을 가질 때마다 사용하던 장소다.

일 년 내내 문을 닫고 있다가 AP그룹의 총수가 찾아오는 날에만 영업을 하고 평소에는 사람이 상주하지 않는다.

오늘 태하가 온다는 소식을 들은 눈보라의 관리인 미유 모리는 참치와 농어로 회를 치고 각종 튀김 종류를 준비하여 한 상 차려냈다.

태하는 뜨겁게 데워진 술을 화수의 잔에 따랐다.

"부족하지만 마음껏 드시지요."

"고맙습니다."

두 사람은 술을 한 잔 마시고 난 후 짜릿한 표정을 지었다.

꿀꺽!

"크흐, 좋구나!"

"…이렇게 편안하게 술을 마셔본 적이 도대체 언제인지 모르겠습니다."

"도망자 생활을 얼마나 하셨습니까?"

"제가 서울역 대합실 몬스터 난동 사건 이후 간신히 감시망에서 벗어났으니 대략 20년쯤 된 모양입니다."

"꽤 오래되었군요."

"하지만 그렇게 살면서 진실에 대해 조금 더 가까워졌으니 후회는 없습니다."

화수는 일단 정식으로 자신의 소개를 했다.

"제 이름은 강화수라고 합니다. 아까 들었다시피 대검 중수부에 있었지요."

"저에게 성씨를 알려주지 않은 것은 도망자 신분이기 때문이었습니까?"

"예, 그렇습니다."

"그렇다면 지금 저에게 성씨를 알려주신 것은 믿음이 생겼기 때문이겠군요."

"절반쯤?"

워낙 지독하게 배신을 당한 강화수이기 때문에 태하를 100% 믿는 것은 불가능했다. 그렇지만 이렇게 의심이 많은 화수가 태하를 절반이나 믿는다는 것은 참으로 대단한 일이었다.

"아무튼 오늘 제가 회장님을 찾아온 진짜 이유에 대해서 말씀드리겠습니다."

"청야성에 대해서 말입니까?"

"예, 그렇습니다."

강화수는 청야성의 정체에 대해서 한마디로 일축했다.

"청야성은 2차 세계대전 이후에 생긴 일종의 친목 모임이었습니다. 주식에 대한 정보를 공유하고 그것을 통하여 작전주를 생성하고 부동산에 대한 찌라시를 만들어 돌려 이득을 챙기곤 했지요. 그렇게 시작한 청야성은 돈이 되는 것이라면 물불을 가리지 않고 해대는 지독한 집단으로 거듭났습니다. 청야성의 멤버들이 정확하게 누구라고 단정을 지을 수는 없습니다만, 확실한 것은 석유파동 때도 그랬고 몬스터 쇼크가 일어났을 때도 이들은 여전히 이익을 챙기고 있었다는 점입니다."

"흠……."

"그리고 1990년대 초반, 드디어 절호의 기회가 왔습니다. 바로 몬스터 코어를 통한 발전이 성사된 것이지요. 그로 인해 청야성은 전 세계 에너지 시장을 좌지우지하는 실세로 떠올랐습니다."

"그렇다면 몬스터 코어 발전 기술을 가로챈 것도 그들의 짓일 가능성이 크겠군요."

"물론입니다. CIA가 정보를 빼돌린 것은 맞지만, 그것이 미국 대통령의 지시로 이뤄진 것은 아닙니다. 그 어떤 누구도 CIA가 왜 그런 짓을 했는지 아는 사람이 한 명도 없어요. 다만 이것이 당시 최고의 재벌 국가이던 미국으로 돌아가면서 에너지 시장의 불균형이 일어나게 된 겁니다. 지금도 코어 산업의 엄청난 로열티를 받고 있는 미국이지만, 사실 깊숙이 들어가 보면 일부 에너지 재벌들만 특혜를 받고 있지요. 그것은 에너지 생산국인 한국과 중국까지도 손이 닿아 중수부가 충성스럽게 움직일 정도의 세력권을 구축하게 된 겁니다."

"한마디로 전 세계를 자기들 마음대로 주무르고 있는 것이군요."

"연결 고리와 연결 고리를 통해서 시장을 좌지우지하니 그렇다고 볼 수도 있지요."

"그런 엄청난 놈들이 다 있다니……."

"그러나 이것이 끝이 아닙니다. 청야성은 몬스터로 이득을 챙기고 있기도 합니다."

"몬스터요?"

"이를테면 남미의 몬스터 폭동 사태와 같은 현상이 벌어지면 코어의 값이 폭등하게 됩니다. 그렇게 되면 정제 코어의 원 개발자인 미국이 상품의 값을 높게 책정하고, 기술 제휴를 통하여 정제코어를 팔아먹는 각 나라의 재벌들 역시 값을 높입니다. 그러나 코어의 값이 오른다고 그들이 손해를 보지는 않습니다. 어차피 청야성의 자원 줄은 상당히 방대하기 때문이죠. 그동안 정제해 둔 재고도 꽤 있을 것이고요."

"그렇다면 이번 폭동 사건 역시 그들이 일으킨 것일 확률이 높군요."

"사건의 발단은 분명 사두룡의 죽음입니다만, 그 공작은 확실히 청야성의 작품입니다."

강화수는 자신이 죽음을 무릅쓰고 이곳에 온 이유를 설명하였다.

그는 아주 정중하게 태하에게 물었다.

"제 신변을 보호해 주신다고 했습니까?"

"예, 그렇습니다."

"그렇다면 저를 끝까지 보호해 주십시오. 아무래도 청야성에서 눈치를 챈 것 같습니다."

"너무 깊게 조사한 나머지 꼬리가 밟힌 것이군요."

"놈들의 정보력은 생각보다 훨씬 더 방대합니다. 저와 같은 1인 수사자는 금세 꼬리가 밟히고 말지요."

"으음."

"그나마 다행인 것은 제가 지금까지 흔적을 남기지 않고 살았다는 겁니다. 도망자 신분이라서 제대로 먹지도 자지도 못하면서 버틴 것이 오히려 득이 된 것이지요."

태하는 이쯤에서 그가 과연 20년 동안 어떻게 버틴 것인지 궁금해졌다.

"그나저나 20년이 넘는 세월을 어떻게 버티신 겁니까? 도망자 신세라 일을 할 수도 없었을 텐데요. 더군다나 그들의 뒤를 캐자면 분명 여유 자금이 있어야 했을 것이고요."

"으음, 하긴 그게 궁금하긴 하겠군요."

그는 주머니에서 수첩을 하나 꺼내 들었다.

수첩에는 '중앙수사부 수사 일지'라는 글귀가 적혀 있었다.

"중수부에선 대기업 비리와 각종 게이트 사건에 동원된 적이 많습니다. 주로 권력층을 겨냥하여 수사를 벌이다 보니 뜻하지 않은 정보들을 얻을 때가 많았지요."

"그 정보를 팔아서 자금을 확보하신 것이군요?"

"네, 그렇습니다. 가끔은 이것으로 협박해서 대량의 현금을 마련하기도 했지요. 그래서 지금까지 버틸 수 있던 겁니다. 하지만 검찰이 저를 쫓고 있으니 전 세계 어디를 가도 편안하지는 못했습니다."

태하는 화수가 얼마나 모진 고초를 겪었을지 짐작조차 할
수 없었다.

그는 이제 자신이 도망 다닐 수 있는 여건이 서서히 없어지
고 있음을 겁내고 있었다.

"정보 장사도 하루 이틀이지 계속해서 꼬리를 흘리고 다니
다 보니 끝내 뒤를 밟히고 말았습니다. 얼마 전에는 총을 맞
아 죽을 뻔했지요."

"그래서 목숨을 의탁하기 위해 이곳을 찾은 것이군요."

"AP그룹의 전대 회장 장주원 회장님은 젊은 시절부터 안면
이 있던 사람입니다. 그래서 그를 믿고 찾아온 것이고요."

태하는 고개를 끄덕였다.

"그래요, 대충 얘기는 들었습니다. 그 때문에 이곳까지 온
것이지요. 저도 사람을 잘 믿는 편은 아니라서 말입니다."

이제 서로에 대한 얘기가 오고 갔으니 한배를 탄 것이나 마
찬가지였다.

태하는 그를 개방이 아닌 하오문에 맡기기로 했다.

"당분간 러시아에서 지내십시오. 하오문에서 자리를 마련
해 두었답니다."

"하오문과는 어떤 인연이……."

"거기까진 비밀입니다."

"아아, 그렇지. 제가 너무 깊이 알려 했군요."

"기밀은 지키라고 있는 것이니 저도 어쩔 수 없군요."

츠바사에 대한 정보는 이제 그 어떤 누구도 알아선 안 되기 때문에 끝내 함구하는 태하이다.

태하는 이미 츠바사에게 도움을 구하여 시베리아 한가운데 있는 안전 가옥에 강화수를 수용하기로 했다.

"오늘 밤에 하오문에서 사람이 올 겁니다. 그를 따라서 안전 가옥으로 가십시오."

"고맙습니다. 이제 목이 달아날 걱정은 하지 않아도 되겠군요."

장주원은 그가 도망자가 되기 전부터 알고 지내왔기 때문에 강화수에 대한 믿음이 있었다.

그가 믿음을 갖는 사람은 그리 흔치 않았다.

"아무튼 저는 이대로 사태가 잠잠해질 때까지 잠시 피해 있겠습니다. 회장님도 모쪼록 조심하시는 것이 좋습니다. 그놈들, 생각보다 더 철저한 놈들입니다."

"알겠습니다."

"사실이 확인되었다고 해서 무조건 믿어서는 안 됩니다. 100% 확신을 주는 사람이 아니면 믿지 마시고요. 잘못하면 저처럼 됩니다."

"명심하겠습니다."

이제 강화수는 러시아로 옮겨질 것이다.

*   *   *

시원한 바람이 부는 한강 고수부지에 위시현이 나와 있다.

솨아아아아!

유럽에 있어야 할 그녀가 이곳까지 온 것은 정보원을 만나기 위함이다.

얼마 전, 신룡기획이 태하에 의해 정리되면서 그 안에 숨겨져 있던 장부가 쏟아져 나왔다.

신룡기획은 에니엘 파이낸셜에서 출자된 돈으로 암흑가에 수많은 사업을 펼치고 다니고 있었다.

그 과정에서 흥미로운 점이 하나 발견되었는데, 위시현으로선 상상조차 하지 못한 정황이 포착된 것이다.

위시현은 정보원 백설아에게 받은 서류 뭉치를 확인해 보았다.

"…그러니까 웨스턴 햄스에서 출자된 돈이 신룡기획으로 들어왔다가 다시 에니엘 파이낸셜로 들어갔다?"

"아무래도 웨스턴 햄스에서 주기적으로 돈을 보낸 것을 보면 에니엘 파이낸셜 자체가 그들의 비공식적 계열사일 확률이 높습니다."

"그렇다면 당문이 웨스턴 햄스의 하수인이었다는 뜻이 되는군."

"예, 그렇습니다."

"이것 참……."

"그런데 가장 재미있는 것은 팀장님께서 말씀하신 전민우와 박미현이 웨스턴 햄스의 비공식 계좌를 통해 돈을 받았다는 겁니다."

순간, 서류를 넘기는 그녀의 손이 빨라졌다.

위시현은 그제야 잠시 꼬여 있던 실타래가 풀리는 기분이 들었다.

"그래, 이제야 이해가 되는군. 전민우과 박미현이 왜 밀회를 즐기고 있는지, 또한 왜 아직까지 사문에 얼굴도 비추지 않는지 말이야."

"이 모든 것이 전부 두 사람의 비리를 덮기 위함이었습니다. 그놈들, 끄나풀이었던 것이죠."

"철저한 계획 속에서 우리 그룹에 빨대를 꽂은 것이군."

"그렇다고 볼 수 있습니다."

그녀는 설마하니 그룹의 이사라는 사람이 저들의 끄나풀일 것이라곤 전혀 상상하지 못했다.

"그렇다면 두 놈을 잡아서 족치면 배후를 확실히 알 수 있겠군."

"하지만 암암리에 둘을 잡아들이자면 꽤 강력한 무력을 가진 사람이 필요합니다."

"으음……."

지금 태하는 남미에서 몬스터를 정리하느라 바쁘니 장지원이나 츠바사 정도가 물망에 오를 것이다.

그러나 장지원이 내상을 입어서 츠바사 혼자 둘을 상대해야 하는데, 제아무리 츠바사가 하오문의 비전을 익혔다고 해도 둘을 동시에 커버하는 것은 무리가 있다.

그녀는 단 한 사람을 떠올렸다.

"혹시 천하랑 장로님이 어디에 계신지 알고 있나?"

"듣기론 한국으로 들어와서 정보원들을 만나고 다닌다고 했습니다."

"좋아, 그럼 이 일을 장로님께 고하고 도움을 요청하는 것이 좋겠어."

"아하! 좋은 방법입니다! 하지만 장로님께서도 공무로 상당히 바쁘실 텐데 가능할까요?"

"일단은 부딪쳐 봐야지. 그분께 연락을 좀 취할 수 있겠나?"

"물론입니다. 정보원들을 통하여 천 장로님을 수배해 놓겠습니다."

"고마워."

이제 그녀는 서서히 퍼즐 조각이 맞춰지는 것 같은 느낌이 들었다.

*　　　*　　　*

남미 몬스터 폭동 사건으로 인하여 조가괴협의 이름이 점점 뜨겁게 회자되고 있다.

그는 엄밀히 말해 범법자이지만 칠레를 구해준 사람이기도 했다.

지금도 중남부 지역을 서서히 정리하면서 남부 지역으로 향하고 있는 조가괴협을 괜히 잘못 건드렸다간 북미까지 피해를 입을 수 있었다.

그 때문에 인터폴과 유엔은 이러지도 저러지도 못 하는 상황에 놓이고 말았다.

하지만 그러거나 말거나 태하는 자신의 할 일을 묵묵히 할 뿐이다.

오소르노를 수복하고 남쪽으로 전진하여 푸에르토몬트를 수복했으며 칠로에 섬을 교두보로 삼아 로스라고스 주 전체를 수복하였다.

이것은 전대미문의 성과이며, 중남부의 초대형 몬스터 세력권을 한 방에 뒤엎는 쾌거라고 할 수 있었다.

그러나 이것은 시작에 불과했으니, 태하와 인령진은 자신의 힘에 불과 1/50만 사용했을 뿐이다.

그나마 그가 이런 대치 상황을 이뤄 나가면서 남진하는 것은 일정한 속도를 유지하여 자신이 없을 때에도 전선을 유지시킬 수 있도록 하기 위함이었다.

이제 태하는 가장 문제가 되고 있는 자이언트 트리 오우거를 해치워 보기로 했다.

그는 이번 수렵에 필요한 사람으로 몬스터 전문가 한 명을 섭외하였다.

아이센델헤네랄카를로스이바네스델캄포 주의 코이아이케를 가장 처음으로 점령한 태하는 이곳에서 전선을 형성하고 전문가의 도움을 받기로 했다.

전문가는 지금 모습을 드러내지 않은 자이언트 트리 오우거가 아마 남부의 설원 지대로 내려가지 못하고 이곳에 고착되어 있을 가능성이 높다고 말했다.

"기본적으로 오우거는 추위에 약합니다. 그래서 남부에서 생활할 때에도 지하에서 생활하다가 아주 짧은 시간 동안만 사냥을 했지요. 아마 놈들이 중부까지 치고 올라온 것은 먹이 부족 때문으로 보입니다."

"그렇다면 이곳을 최후의 보루로 생각하고 있을지도 모르겠군요."

"그렇지요. 지금 남부의 모든 인구가 중북부로 잠시 이주하였기 때문에 진군을 서둘러도 큰 문제는 안 될 겁니다."

"그럼 자이언트 트리 오우거를 찾아내는 데 필요한 것이 뭐가 있을까요?"

"미끼죠."

"미끼?"

"자이언트 트리 오우거는 주로 살코기가 많은 고단백의 동물을 잡아먹으면서 삽니다. 아마 소를 대량으로 풀어놓는다든지 닭고기 몇 톤을 가지고 유혹한다면 넘어올지도 모르지요."

"으음, 과연 놈들이 넘어올까요?"

"이제 아래로 내려가 봐야 먹을 것도 없습니다. 놈들이 빙하를 건널 수 있는 것도 아니고 그렇다고 툰드라지대에 먹잇감이 많은 것도 아니거든요. 수영으로 사냥할 수는 없으니 당연히 먹이가 보이는 곳으로 올라올 겁니다."

"그때를 노려서 사냥하면 승산이 있다는 뜻이군요."

"우리의 입장이 어떻든 간에 놈들에겐 생존이 달린 문제니까요."

태하는 고개를 끄덕였다.

"뭐, 좋습니다. 놈들이 좋아하는 일이라면 기꺼이 해주어야지요."

그는 AP그룹 남미 지부에 연락하여 1천 마리의 소를 섭외하기로 했다.

이틀 후, 남미 지부장 사쿠라 아이카와가 1천 마리의 소를 데리고 왔다.

트레일러의 행렬이 끝도 보이지 않는 가운데 목축 기술자들과 건축업자들이 울타리를 짓고 그 안에 소를 가두어놓았다.

음뭐어어!

1천 마리에 달하는 소가 하루 종일 울어대니 1㎞ 밖에 떨어져 있어도 귀청이 떨어질 지경이다.

귀마개를 낀 몬스터 전문가 반 헤멜릭은 이제 곧 전투가 시작될 것이라고 예언했다.

"얼마 안 남았습니다. 놈들이 이쯤 되면 냄새를 맡고도 남습니다."

"흐음, 정말 이런 작전이 통할까요?"

"신선한 소가 이렇게 많은데 놈들이 유혹을 뿌리칠 수 있을 리가 없어요. 더군다나 지금 단장님께서 놈들을 압박하여 진을 다 빼놓았으니 배가 더 고플 겁니다. 놈들은 반드시 넘어옵니다."

"정말 그럴까요?"

"두고 보면 알겠지요."

잠시 후, 대지가 서서히 진동하기 시작했다.

쿵, 쿵, 쿵!

순간, 태하는 이것이 몬스터들이 내는 진동임을 감지하였다.

"오호, 정말 오는군요."

"제가 뭐라고 했습니까?"

"역시 전문가는 뭔가 달라도 다르군요."

이윽고 엄청난 숫자의 오우거들이 떼로 몰려들기 시작했다.

쿠오오오오오!

"허, 허억! 오우거가 왜 이렇게……?!"

"이것 참, 돈을 벌게 해주려고 아주 기를 쓰고 달려드는군."

태하는 소를 가두어둔 울타리 옆에 일렬로 금강석 인형의 진기 기관총을 설치해 두었는데, 한 발 쏠 때마다 폭열승천장이 작렬하게 되어 있다.

한마디로 저놈들은 이곳에 닿기도 전에 몸이 불타 버려 흔적도 찾을 수 없게 된다는 소리다.

그런 가운데 저 멀리서 무려 100미터가 넘는 크기의 거대한 오우거가 모습을 드러냈다.

크워어어어어어어!

발걸음 하나하나에 마치 지진이 일어난 것 같은 착각이 드는 놈의 등장으로 인해 소들이 미친 듯이 날뛰기 시작했다.

음뭐, 음뭐!

그것은 인간도 마찬가지였다. 반 헤멜릭은 아연실색하여 엉덩방아를 찧었다.

"어, 엄마야! 사, 사람 살려!"

"하하, 걱정할 것 없어요. 오늘은 그 어떤 사람도 죽지 않을 테니까요."

태하는 금강석 팔찌로 화살을 만들어냈다.

스스스스!

이제 그는 화룡격의 화살을 만들어내 활시위에 걸었다.

"자, 이제부터 쇼를 좀 시작해 볼까?"

태하는 공격의 물꼬를 자신이 텄다.

꽈드드드드득!

"공격!"

피융!

화룡격의 화살이 예리하게 날아가 가장 처음 보이는 오우거의 머리통을 날려 버렸다.

퍼억!

그 이후엔 마치 화룡처럼 꿈틀거리며 사방을 모두 휘젓고 다녔다.

크아아아아앙!

화르르르르륵!

한차례 불바다를 이룬 태하의 공격에 이어서 금강석 인형들 역시 폭열승천장의 기관총을 마구 갈겨댔다.

두두두두두!

콰아아앙!

마치 전쟁터를 방불케 하는 전투에 반 헤멜릭은 넋을 놓고 말았다.

"이, 이게 도대체 무슨……?"

태하는 계속해서 화룡격을 쏘아댔고, 오우거 무리는 속절없이 불에 타 죽어나갔다.

하지만 이 전투에서도 변수는 있었다.

끼이이이잉!

자이언트 트리 오우거가 무공을 튕겨내는 방어막을 만들어 낸 것이다.

깡!

무공이 실린 총탄이 모두 다 튕겨 나가 사방을 다시 불바다로 만들어 버렸다.

태하는 흥미롭다는 듯이 웃었다.

"흐음, 저런 무식한 놈이 방어막을 칠 수 있다? 상당히 흥미롭군."

자이언트 트리 오우거를 자세히 바라보던 태하는 뭔가 하늘에서 밝은 빛줄기가 내려와 놈의 몸을 감싼다는 것을 알 수 있었다.

위이이이잉!

그 은은한 빛이 놈의 몸을 감싸니 형형색색의 방어막이 펼쳐져 무공을 튕겨낸 것이다.

태하는 그 빛을 따라서 몸을 날렸다.

"허업!"

파바바바밧!

순식간에 하늘 높이 날아오른 태하는 금강석 활을 날개의 형태로 바꾸어 자신의 등에 매달았다.

이제 그는 거대한 날개를 가진 한 마리의 새가 된 것이다.

태하는 빛줄기가 내려오고 있는 현장으로 수직 상승하여 그 주인공을 찾아냈다.

쿠웨에에에엑!

"용?"

마치 동양의 설화에 나오는 백룡처럼 생긴 이 몬스터는 대략 15미터의 몸길이에 직경 1미터의 굵기를 가지고 있었다.

새빨간 눈동자에 탐스러운 백색 갈기털까지 신수 백룡의 현신이 분명해 보였다.

태하는 놈에게 날아가 턱을 발로 차버렸다.

빠악!

크애애액……?

"이놈, 이제 보니 네가 저놈의 조력자구나."

그는 한 손으로 뿔을 잡고 주먹으로 주둥이를 마구 쳤다.

퍽퍽퍽!

그러자 용의 어금니가 하나 뚝 부러지더니 검붉은 피를 마구 흘러냈다.

끼이이잉!

"이놈, 당장 죽어줘야겠다!"

용은 까치의 발처럼 생긴 앞발을 합장하여 위아래로 비벼댔다.

끄으으응…….

"살려달라고?"

크헥!

처세술이 썩 나쁜 놈은 아닌 모양이다.

"뭐, 좋아. 그럼 이제부터 내 부하를 자처한다면 네놈을 살려줄 수도 있다."

크헥, 크헥!

놈은 자이언트 트리 오우거에게 보내던 보호막을 거두고 민물장어 크기로 변신하였다.

스스스스스!

꾸룩.

"그래, 인간에게 해를 끼치지 않는다면 굳이 죽일 필요까진 없겠지. 다만 네놈이 언제 변심할지 모르니 내가 금제를 하나 걸어주마."

태하는 놈의 심장에 장을 날리고 인령진을 그 안에 틀어박아 버렸다.

퍼억!

꾸우우욱!

"네놈은 지금까지 저놈을 도우며 살아왔으니 100% 믿을 수가 없다. 그러니 장치를 할 수밖에. 만약 조금이라도 딴마음을 먹거나 수틀리게 굴면 심장을 폭파시켜 버릴 것이다. 알겠나?"

꾸룩!

태하는 이제 슬슬 내려가 상황을 정리하기로 했다.

*   *   *

어둠이 짙게 깔린 강원도 정선의 한 낚시터에 불이 켜져 있다.

홀로 앉아 낚싯대를 드리우고 있던 천하랑에게 위시현이 다가와 고개를 숙였다.

"장로님을 뵙습니다!"

"그래, 왔는가?"

"이 야심한 시각에 찾아뵙게 되어 송구스럽습니다. 하지만 결례를 무릅쓰고 드려야 할 말이 있습니다."

천하랑은 그녀에게 의자를 하나 건넸다.

"간이 의자이긴 해도 앉을 만하네. 앉게나."

"감사합니다."

그는 낚시터에 떡밥을 뿌리면서 물었다.

촤락!

"그럼 나를 찾아온 이유를 한번 들어볼까?"

"예, 장로님."

그녀는 천하랑에게 사진 몇 장을 꺼내어 내밀었다.

"사성회의 전민우와 명화방의 박미현이 지금 헝가리에서 밀회를 갖고 있습니다."

"…미현이가?"

"예, 장로님. 비행기가 폭발하면서 행적이 묘연해졌다가 다시 유럽에서 발견되었습니다. 조사 결과 그녀는 차명 계좌를 다섯 개나 가지고 있고 그곳으로 100억대의 돈이 몇 차례 입금된 것으로 드러났습니다."

"돈의 출처는?"

"영국 웨스턴 햄스 재단입니다."

"웨스턴 햄스라면 병원, 학교 등을 가지고 있는 교육기관 아닌가?"

"예, 그렇습니다. 영국의 명문 사학 기관이면서 최고의 병원을 휘하에 두고 있지요."

"흠……."

"아무래도 이 두 사람이 웨스턴 햄스와 짜고 뭔가 계략을 꾸민 것 같습니다."

"만약 그렇다면 이 두 사람이 끄나풀일 가능성이 높겠군."

"예, 장로님. 게다가 이로써 웨스턴 햄스가 우리의 적이라는 것이 어렴풋이 드러난 겁니다."

"그놈들이 흑막이었던 것이로군."

"그뿐만이 아닙니다."

그녀는 천하랑에게 서류 뭉치를 건넸다.

"얼마 전에 김태하 회장이 쳐부순 당문의 페이퍼컴퍼니를 조사해 봤는데, 웨스턴 햄스와의 돈 거래가 있던 것으로 드러났습니다."

"당문이 웨스턴 햄스와 연관이 있다?"

"아무래도 그놈들도 웨스턴 햄스의 끄나풀인 것 같습니다. 에니엘 파이낸셜이 웨스턴 햄스로부터 돈을 받아 재투자한 것을 보면 웨스턴 햄스는 에니엘 파이낸셜의 비자금 조성을 위한 자회사로 만들어둔 것이 아닌가 싶습니다."

천하랑은 자신이 직접 나서지 않으면 안 될 정도로 큰 사건임을 충분히 인지하였다.

"좋아, 그럼 그 두 사람을 잡으러 가도록 하지."

"이런 궂은일을 직접 하셔도 괜찮겠습니까? 사실 이곳으로 오면서 몇 번이나 고민했습니다. 장로님께서 이런 일을 직접 하실 인물이 아닌데……."

"일에 귀천은 없어. 중요한 일이라면 신분 고하를 막론하고 덤벼야 하는 것일세."

그는 즉시 낚시를 접고 헝가리로 떠나기로 했다.

"같이 가지. 그곳에서 정보를 얻으면 곧바로 연계 수사에 들어가야 할 테니 말이야."

"예, 장로님."

"그리고 이제부터 자네는 내 직속으로 일하도록 하게. 그룹에 지시해서 자네를 내 밑으로 귀속시키겠네."

"감사합니다. 열심히 하겠습니다."

정보원으로서 천하랑의 직속 부하가 된다는 것은 비공식적이지만 성공 가도를 달릴 수 있다는 소리와 같다.

그룹에서 천하랑의 정식 직급은 부회장이고 직책은 그룹 감사총괄본부장이다.

감사총괄본부는 비리를 내사하고 정보를 총괄하며 인사 강등 및 직위 해지에 대한 권한을 가지고 있다.

한마디로 명화방의 모든 정보는 천하랑을 통해 들어오고 나간다고 볼 수 있었다.

그의 휘하에 있는 정보원의 숫자는 대략 삼천 명으로 추산되며, 그들이 가진 휘하 정보원들의 숫자까지 다 합치면 그 수는 일 만에 이를 것이라는 소리가 있었다.

그 정도로 천하랑의 그림자는 대단한 것이었다.

"자, 그럼 슬슬 이동해 볼까?"

천하랑이 자리에서 일어서자 명화자객단의 고수들이 하늘에서 뚝 떨어져 내렸다.

파밧!

"자리를 정리하고 비행기를 준비하겠습니다."

"최대한 빨리 움직이도록 하자."

"예, 장로님."

명화자객단은 천하랑의 직속 부서로서 감사총괄본부 비서실의 성격과 자객단의 면모를 동시에 가지고 있었다.

이들은 천하랑의 수족이 되어서 적을 암살하거나 내사에 필요한 정보를 암암리에 수집하는 등의 일을 한다.

천하랑은 명화자객단주이자 부회장의 비서실장인 유이나 오쿠무라에게 그녀를 소개해 주었다.

"이쪽은 자객단주 유이나 오쿠무라 전무일세. 저쪽은 앞으로 내 직속으로 일하게 될 위시현 팀장이고."

두 사람은 악수를 나누었다.

"유이나 오쿠무라 전무입니다."

"위시현입니다."

천하랑은 앞으로 두 사람이 함께하게 될 시간이 많으니 서로 안면을 익혀두는 것이 좋겠다고 생각한 것이다.

"아무튼 위시현 팀장도 이제는 우리 감사본부의 식구가 되었으니 최선을 다해보게."

"열심히 하겠습니다!"

이제 천하랑은 명화자객단과 위시현을 이끌고 헝가리로 향했다.

제4장
통합

이른 아침, 태하는 또 한 무리의 몬스터와 마주하게 되었다.

"단장님, 전방에 몬스터 무리입니다!"

"그렇게 많이 죽였는데 또 몬스터가 던전을 뚫고 나왔단 말인가?"

"아무래도 자이언트 트리 오우거가 죽으면서 빙하 지대에 있던 몬스터들이 활개를 치고 나온 것 같습니다."

"흠, 저놈들, 세력권이 너무 복잡하게 얽혀 있는데?"

반 헤멜릭은 태하에게 몬스터들의 세력 다툼과 인간의 세계에 대해 설명하였다.

"몬스터는 자신의 영역 안에서만 사냥을 합니다. 남의 영역을 침범했다간 전쟁이 날 수 있기 때문이죠. 혹시 개미들의 싸움을 보신 적이 있습니까?"

"개미들은 한번 전쟁이 나면 여왕개미와 그 알이 다 죽어 없어질 때까지 싸운다고 들었습니다."

"그래요. 어찌 보면 인간의 전쟁과 많이 흡사한 모습을 보입니다. 다만 개미들은 휴전이나 협정이라는 것이 없고 무조건 전멸할 때까지 싸운다는 것이 다르지요. 몬스터들의 경우도 마찬가지입니다."

그는 세 개의 각기 다른 돌멩이를 집어 들었다.

"자, 보십시오. 이제 자이언트 트리 오우거이고 이게 사두룡입니다. 그리고 또 하나는 베일에 싸인 몬스터이지요. 사두룡은 원래 이 지역을 거의 총괄하다시피 한 거대한 세력입니다. 비록 던전 안에 갇혀 있기는 했지만 그 세력이 간접적으로 자이언트 트리 오우거를 압박하고 있던 겁니다. 그래서 지금 이 모종의 세력과 자이언트 트리 오우거가 부족한 먹이를 두고 서로의 지역에서 서로 공존하고 있던 것이죠."

그는 사두룡이라고 지정해 둔 돌을 치워냈다.

"그런데 어느 날 갑자기 사두룡이 죽었습니다. 그로 인해 몬스터의 세계가 분열되기 시작했죠. 특히나 사두룡의 제국에 짓눌려 기도 못 펴고 있던 자이언트 트리 오우거가 가장 맹렬하게 세력을 넓혔지요. 참고로 자이언트 트리 오우거의 전투력은 사두룡에게 약간 못 미칠 뿐 그 능력은 대단하다고 볼 수 있습니다. 그래서 놈이 일어나자마자 남부의 세력들이 한꺼번에 통합된 것이지요."

"꼭 인간의 역사를 보는 것 같습니다. 고대 마케도니아 제국의 황제 알렉산더가 죽어 제국이 사분오열되었던 것처럼 이놈들도 똑같은 양상을 보이는 것이군요."

"네, 맞습니다. 강성한 세력이 죽고 나면 춘추전국시대가 도래하고 그것을 평정하는 세력이 나타납니다. 그놈들이 또 죽어 사라지면 그다음 강자가 지역을 평정하게 되는 셈이지요."

태하는 아무리 몬스터들을 죽이고 없애도 결국엔 이곳을 장악한 세력을 컨트롤하는 것이 가장 바람직한 일이라고 생각했다.

"그렇다면 놈들을 먹이가 풍부한 던전으로 밀어 넣어두면 어떻게 될까요?"

"만약 인간의 전투력이 놈들을 억압하기에 충분하다면 고립을 시키는 것도 나쁘지는 않을 겁니다. 어찌 되었든 간에 이 세상에는 필요악이라는 것이 존재하지 않습니까?"

"흐음……."

태하는 전문가의 의견을 수렴하여 묘안을 짜냈다.

"좋습니다. 그럼 던전을 우리가 구축해 줍시다."

"던전을 구축한다고요?"

"칠레 북부에서 가장 강력한 세력을 가진 놈들이 뭐가 있죠?"

"일단은 플레임 헐크와 마그마 샐러맨더, 그리고 그레이트 레드 드레이크, 이 세 놈이 강력한 세력입니다. 이놈들은 현재 삼파전을 벌이느라 세력권이 다소 약해진 상태입니다. 그래서 인간이 놈들을 던전의 사냥권 안에 가두고 컨트롤할 수 있는 것이지요."

"좋습니다. 그럼 그레이트 레드 드레이크를 중부로 데려옵시다."

"노, 놈을 이곳으로 데리고온다고요?"

"이곳의 던전에 놈을 심어놓고 우리가 관리한다면 남부의 몬스터들도 세력이 위축되어 관리가 가능해지지 않을까요?"

"하지만 그것은 어디까지나 이론일 뿐이고……."

"이론이 있으면 검정도 해봐야 제맛 아닙니까? 당장 실행에 옮기도록 하지요."

태하는 칠레 정부와의 만남을 주선하였다.

*   *   *

태하의 부름에 중남부 전선으로 한달음에 달려온 후안 안토니오는 놀라지 않을 수 없었다.

"모, 몬스터를 가지고 던전을 구축하신다고요?"

"내가 몬스터를 제압해서 이곳까지 데리고 오겠습니다. 그럼 자연스럽게 던전이 구축될 것이고 그럼 남부의 세력권이 다시 팽팽해져서 중남부가 평온해지겠지요. 그 이후에 제가 남부와 중부를 아우르면서 던전을 관리하면 충분히 승산이 있을 겁니다."

"하지만 그렇게 했다가 일이 잘못되기라도 하면 큰일입니다."

"알아요. 하지만 언제까지 중남부를 저렇게 황폐화된 상태로 둘 수는 없는 노릇 아닙니까?"

"으음……."

"넓게 보세요. 눈앞에 있는 상황만 처리한다고 해서 몬스터들이 사라지는 것은 아닙니다."

그는 태하의 의견에 동의하면서도 상당히 조심스러워했다.

"일단은 군부와 경찰의 동의를 얻어야 합니다. 그들이 반발하면 제아무리 행정부라도 감당이 안 될 것이거든요."

"그렇다면 군부와 경찰의 수장들을 데리고 오세요. 제가 설득하겠습니다."

"사령관과 경찰총장이 말을 고분고분 들을지……."

"듣고 안 듣고는 저의 역량에 따라 달린 것이지요. 아무리 그들이 골통이라고 해도 논리적으로 설득한다면 충분히 승산이 있지 않을까 싶습니다."

후안 안토니오는 고개를 끄덕였다.

"뭐, 좋습니다. 그럼 내일 아침까지 두 사람을 이곳으로 데리고 오겠습니다."

"고맙습니다. 수고 좀 해주십시오."

"별말씀을요. 국운이 달린 문제인데 부총리인 제가 당연히 나서야지요."

후안 안토니오는 태하와의 만남 이후 바쁘게 움직였다.

다음 날, 후안 안토니오는 군사령관 클라우디오 에레라와 호세 발디비아를 초청하여 중남부 전선으로 데리고 왔다.

그들은 일개 용병인 태하가 자신들을 불러냈음에 자존심이 상할 만도 했지만, 지금은 그런 것을 따질 겨를이 없어 보였다.

두 사람은 태하에게 정중하게 인사를 하고 자신을 소개하였다.

"군사령관 클라우디오 에레라입니다."

"호세 발디비아입니다. 경찰총장이지요."

"반갑습니다. 금강단 단주입니다."

정확하게 이름은 밝히지 않았지만 변안술로 위장한 태하의 얼굴은 보증수표나 마찬가지였다.

그들은 태하를 보자마자 칭찬 일색이다.

"이번 작전은 참으로 대단했습니다. 설마하니 자이언트 트리 오우거를 박살 낼 줄이야… 15개의 무인 단체도 실패한 것을 단박에 끝내 버렸으니 그저 놀라울 따름입니다."

"운이 좋았지요."

태하는 그들이 더 이상 아첨을 떨기 전에 말을 잘라 버렸다.

"단도직입적으로 말씀드리겠습니다. 몬스터를 데려다가 던전을 구축할 겁니다."

"……?!"

"던전을 구축하게 되면 아마도 칠레군이 해야 할 일이 더 많아지겠지요. 하지만 그만큼 몬스터들을 통제하기 쉬워지니 국익에 충분히 보탬이 될 겁니다."

"하지만 아무리 그래도 몬스터들을 사육한다는 것은 좀……"

"필요악입니다. 아무리 몬스터들이라고 해도 저마다 세력권을 가지고 있으니 통제력을 잃으면 그대로 끝입니다. 이놈을 끝내면 저놈이 들고일어날 것이고, 남부가 끝나면 북부에서 밀고 내려와 어차피 피바다가 될 겁니다. 그때는 칠레의 수도 마저 빼앗길 수도 있습니다."

"흐음······."

"이보다 더한 사태를 만들어내고 싶다면 별수 없지만, 그렇지 않다면 제 생각에 동참하는 것이 좋을 겁니다."

이 세상의 그 어떤 누구도 머리맡에 적을 두곤 두 발 뻗고 편히 잠을 잘 수 없을 것이다. 그렇지만 그것이 필요악이라면 기꺼이 받아들이는 것 또한 미덕이다.

두 사람은 태하의 말에 따르기로 했다.

"좋습니다. 그럼 저희들이 뭘 어떻게 도우면 되겠습니까?"

"지금부터 조사인단을 꾸려서 그레이트 레드 드레이크가 서식하기 좋은 땅을 찾아내십시오. 그리고 그레이트 레드 드레이크가 떠난 틈을 타 세력 확장을 일으키지 못하도록 나머지 두 개의 던전에 일주일 내내 폭격을 퍼부으십시오. 제아무리 놈들이 화마에 강하다곤 해도 그렇게 불비가 내리는데 함부로 고개를 쳐들 수는 없을 겁니다."

"예, 알겠습니다. 그럼 육해공이 연합하여 작전을 짜고 경찰의 협조를 받도록 하지요."

"이번 작전은 무엇보다 서로 간의 이해와 소통이 중요합니다. 그러니 군경 간의 마찰이 없도록 유의하세요."

"잘 알겠습니다."

군대와 경찰과의 문제가 매끄럽게 마무리되었으니 이제 놈을 사로잡아 이곳으로 데려올 차례다.

태하는 50개의 금강석 인형을 이곳에 주둔시키고 그레이트 레드 드레이크 포획 작전에 나섰다.

*　　　*　　　*

칠레 중남부 전선에서 대략 3㎞쯤 떨어진 곳에 나무로 만든 작은 진지가 위치해 있다.

휘이이잉!

바람만 불어도 날아갈 것 같은 이 작은 진지 안에 망원경을 든 사람이 들어가 있다.

그는 북쪽으로 올라가고 있는 금강단의 원정 행렬을 바라보며 흥미롭게 웃었다.

"재미있는 놈이로군. 몬스터를 포획해서 던전을 구축할 생각을 다 하다니, 저 정도 인물이라면 청야성주와 맞대결을 펼쳐도 되겠는데?"

이 세상에 몬스터가 창궐하고 난 이후 놈들을 사냥하겠다는 세력은 있었어도 그것들을 이용할 생각을 하는 사람은 없었다.

몬스터를 사냥하는 것만 해도 보통 일이 아닌데, 그것을 포획해서 던전을 구축한다는 것은 결코 쉬운 일이 아니었다.

그런데 만약 저 조가괴협이라는 인물이 던전 구축에 성공한다면 그것은 사상 최초로 몬스터를 인간이 조종할 수 있게 된다는 소리와 일맥상통한다.

쌍안경을 손에 쥐고 있던 장천일이 자리에서 일어섰다.

"재미있는 구경을 나 혼자만 할 수야 있나?"

그는 전화기를 들어 동료들을 연결하였다.

—찾았나? 놈은 어떻게 하고 있나?

"몬스터를 포획해서 던전을 구축한다고 하더군."

—별 미친놈이 다 있군. 도대체 그런 생각은 어떻게 해낸 것일까?

"아무튼 대단한 놈인 것은 틀림이 없다. 이곳에서 지켜보니 자이언트 트리 오우거를 단 일격에 해치워 버리더군."

—암살을 하기엔 아까운 인물이 아닌가?

"그래도 청야성주께서 시키신 일인데 어쩔 수 없지."

그는 동료들에게 일주일 후 늦은 밤을 기점으로 하여 암살 작전을 시행할 것을 종용하였다.

"앞으로 일주일 후 내가 놈의 숙소를 파악해 둘 테니 그때 암살하기로 하자고."

—자신 있나?

"노스트룩스가 함께한다면 불가능한 일은 없을 테지. 안 그런가?"

─우리를 너무 믿지 말라고. 리더에게 배신이나 당하는 우리가 어찌 최고라고 할 수 있겠나?

"그래도 이 분야에서 노스트룩스를 능가할 사람이 어디 있겠나? 기껏해야 명화자객단 정도가 있을 테지만, 아무리 그들이라고 해도 자네들 발바닥도 못 핥아."

─우리를 너무 맹신하는군.

"믿음이 있어야 신뢰 관계도 생기는 법이지."

─신뢰 관계라…….

"아무튼 일주일 후에 보자고. 저놈이 얼마나 완벽하게 성공해 낼지는 몰라도 그때가 된다면 기회는 분명 생길 것이야."

─그래, 알겠다.

장천일은 이제 이곳을 정리하고 북쪽으로 금강단을 따라가기로 했다.

*　　　　*　　　　*

러시아 중앙 시베리아 한복판에 위치한 지하에 하오문의 안전 가옥이 들어서 있다.

이곳은 핵폭탄에도 안전하도록 철저한 방호 설비가 되어 있고 내진 설계까지 갖추어져 있었다.

또한 1년에 한 번씩 식량을 보충하여 1,000명의 인원이 최대 3년까지 버틸 수 있도록 되어 있었다.

이곳은 한마디로 생존에 최적화된 곳이라 할 수 있었다.

츠바사는 이곳에 강화수를 맡기고 신변을 보호해 줄 수 있도록 조치하였다.

그는 대략 40평쯤 되는 가옥을 할당해 주었다.

"50층 전부를 내어드릴 수는 없고, 누추하지만 이곳에서 지내십시오."

"아닙니다. 이 정도의 시설에서 지낸다는 것은 너무나도 감사한 일입니다. 뜨거운 식사에 온수로 샤워도 할 수 있고."

안전 가옥은 50층으로 이뤄진 아파트 형식인데, 한 층마다 총 네 개의 집이 꾸며져 있었다.

각 집마다 최고급 아파트 못지않은 설비가 되어 있고 수영부터 사우나, 헬스, 낚시 등 광범위한 취미 시설도 마련되어 있었다.

강화수는 츠바사에게 깊이 고개를 숙였다.

"이런 곳으로 저를 데려와 주시다니 뭐라 감사의 말씀을 드려야 할지 모르겠군요."

"청야성의 정체에 대해서 아는 분인데 당연히 이 정도는 해드려야지요."

"저, 그런데……."

"무슨 하실 말씀이라도?"

"염치없지만 부탁 하나만 드려도 되겠습니까?"

"말씀하십시오."

"사실은 저와 함께 청야성을 조사하던 친구들이 있습니다. 한 명은 청야성 산하에 있는 노스트룩스에서 단장을 역임하다가 청야성에 염증을 느끼고 스스로 첩자가 되었습니다. 그리고 또 한 명은 청야성의 비자금을 관리하던 변호사로 자금 출처에 대한 모든 정보를 빼돌렸다가 그만 살해당하고 말았죠."

순간, 츠바사의 몸이 살며시 떨린다.

"…그런 얘기를 왜 이제야 하시는 겁니까?"

"수치스럽지만 제 목숨도 그들과 함께 산화될까 봐 두려웠습니다. 그래서 안전한 곳을 찾게 된 다음에 말씀드리려 한 겁니다."

"……."

"만약 문주께서 그들의 소식을 수소문해 주신다면 제가 두 분께 은혜를 갚을 기회가 생길 것 같습니다."

아직까지 츠바사가 확인할 방법은 없지만 만약 그의 말이 사실이라면 청야성을 조사하는데 결정적인 단서가 될 것이다.

츠바사는 그의 부탁을 들어주지 않을 수 없었다.

"뭐, 좋습니다. 조금 엇나가긴 했어도 우리를 돕기 위해 이곳에 온 것은 확실한 것 같으니 선생님의 말씀대로 하겠습니다."

"저, 정말입니까?! 감사합니다!"

"그런데 그 친구들, 선생님과 함께 무슨 조직을 만들었던 겁니까?"

그는 씁쓸하게 웃었다.

"한때 청야성을 무너뜨리겠다며 사람들을 모으고 다닌 적이 있습니다. 그들이 블랙슈거 테크놀로지를 빼돌려 제가 거리의 부랑자로 내몰린 순간부터 꾸준히 모집하고 다녔지요. 그래서 결국 50명의 영향력 있는 인사들을 모집하는 데 성공하게 되었습니다."

"그렇다면 선생님을 따르던 세력은 다 어디로 간 겁니까?"

"세월이 지나면서 다들 자신의 살 궁리를 하느라 바빴습니다. 청야성은 그들에게 막대한 자본을 지급하는데 우리는 기껏해야 하루 밥값이나 줄 수 있을지도 장담할 수 없었으니까요."

"결국 돈과 권력을 따라서 간 것이로군요."

"그렇습니다."

"씁쓸한 일이군요."

"하지만 그들이 함께함으로써 청야성의 정체는 점점 더 수면 위로 떠오르게 되었습니다. 우리는 그들의 정체에 대해서 손톱 정도밖에 모르지만 그래도 그 꼬리를 잡았다는 것은 아주 커다란 의미였지요."

츠바사는 지금 강화수가 말하고 있는 이 정보들이 꽤나 고급이며 만약 이 중 10%만 진실이라도 충분히 목숨을 걸어볼 가치가 있다고 생각했다.

"당장 오늘부터 그들을 수소문해 보겠습니다. 혹시 다른 동지들은 없으신가요?"

"다들 죽거나 다쳤고 대부분 지쳐서 우리를 떠났습니다. 다른 사람들은 수소문해도 협조하지 않을 겁니다."

"음, 그렇군요."

"아무튼 꼭 좀 부탁드립니다. 특히나 청야성의 비자금을 관리하던 변호사 찰리 잭슨이라는 친구는 반드시 수소문해야 합니다. 만약 그가 죽었다고 해도 분명 어딘가에 단서를 남겨 두었을 테니까요."

"잘 알겠습니다. 선생님께선 걱정하지 말고 이곳에서 편하게 지내고 계십시오. 나머지는 제가 알아서 하겠습니다."

"감사합니다."

츠바사는 자신이 기용할 수 있는 인맥을 최대한 동원하여 그를 수소문하기로 했다.

*   *   *

늦은 밤, 서울 상명빌딩 옥상에 츠바사와 개방 도쿄 분타주 료타 타카키가 함께 있다.

츠바사와 료타는 원래 고등학교를 다니던 시절에 잠깐 알고 지낸 동창인데 오늘에서야 다시 만나게 되었다.

"오랜만이군."

"그래, 오랜만이군."

두 사람은 서로의 정체에 대해 전해 듣곤 적잖이 놀랐다.

"설마하니 도쿄 분타주가 타카키였다니 너무나 의뢰인데?"

"나도 모리시타 자네가 하오문에 속해 있다는 것에 놀랐어. 원래는 명화방의 자제 아니었던가?"

"그랬지. 지금도 그 사실은 변함이 없지만 이젠 나도 내 갈 길을 가기로 마음먹었거든."

"그렇군."

료타는 츠바사에게 찰리 잭슨에 대한 정보를 건네주었다.

"얼마 전 우리 도쿄 분타에서 얻어낸 정보야."

그가 건넨 정보지에는 얼마 전에 부산에서 발견된 외국인 시신을 부검한 결과 그가 찰리 잭슨이라는 사람으로 밝혀졌다는 소식이 적혀 있었다.

료타는 그것이 날조라고 주장하였다.

"사실 이 정보는 가짜야."

"그럼 이 사람이 죽었다는 것이 날조라는 것인가?"

그는 개방에서 개별적으로 실시한 찰리 잭슨의 DNA 감정과 지문 대조의 결과를 보여주었다.

"보면 알겠지만 두 사람의 DNA는 완벽하게 달라. 이 정도면 생면부지의 남이라고 할 수 있지. 보시다시피 지문도 확연하게 다르지. 이 두 사람은 서로 남인 거야."

"그렇다면 찰리 잭슨이 죽었다고 날조한 사람은 누구일까?"

"아마 자네가 말한 그 노스트룩스 출신의 총잡이일 가능성이 높지."

"하지만 그도 역시 죽었을 가능성이 높다고 하던데?"

"죽었을 가능성이 높긴 하지만 죽지 않았을 가능성도 배제할 수 없는 것 아닌가?"

"흠……."

"아무튼 이 찰리 잭슨이 살아 있다는 것은 분명 기쁜 일이야. 우리 방으로서도 부활을 꿈꿀 수 있는 절호의 기회이기도 하고 말이야."

청야성에 대해 조사한 반대 세력의 수장격인 이들을 찾아낸다면 개방이 일어설 수 있는 기회가 될 수 있음이 분명했다.

"일단 부산으로 가서 처음부터 다시 조사하는 편이 좋겠어. 그들이 과연 어디로 갔는지 알아낼 수 있는 방법이 없잖아?"

"그래, 그렇지. 하지만 적어도 그들이 살아 있다면 분명 강화수라는 사람을 찾아갈 거야. 그러니 단서를 뿌려두는 것도 하나의 방법이 아닐까 싶어."

"으음, 그래, 자네의 말이 맞는 것 같군."

두 사람은 도망자나 부랑자들이 가장 많이 이용하는 기차역을 사용하기로 했다.

"기차역에 그들만 알아볼 수 있는 광고를 게재해 놓자."

"어떤 방식으로?"

"강화수라는 사람에게 물어서 그들이 알아들을 만한 은어나 공통분모를 묘사해 놓는 거지. 우리 개방에서 분타와 분타를 연결하는 연락 방식 중의 하나지."

"좋았어. 그럼 당장 그를 만나 얘기를 들어보고 한국과 중국에 광고를 내어놓도록 하지. 자네는 일본을 맡아줘."

"알겠네."

개방과 하오문이 만나니 일이 일사천리로 진행되었다.

다음 날, 서울역을 시작으로 대한민국과 중국의 모든 역사에 파란색 비둘기를 주제로 한 광고가 실렸다.

각 역사마다 광고의 종류는 달랐지만 상당히 드물게도 파란색 비둘기와 그것이 창공을 비행한다는 내용은 반드시 들어가 있었다.

아웃도어, 자동차, 컴퓨터, 핸드폰, 속옷 등 모든 광고마다 파란색 비둘기를 넣어두었다.

만약 그들이 각 역마다 걸려 있는 이 광고를 발견하기만 한다면 아마도 강화수가 살아 있다는 사실을 눈치채곤 연락을 해올 것이 분명했다.

그렇지만 가장 빠른 방법은 그들이 과연 어디로 사라졌느냐를 밝히는 것이다.

도쿄 분타주 료타는 부산에서 사라진 찰리 잭슨을 수소문하기 위해 부산 분타의 힘을 빌리기로 했다.

비록 떨어져 지내긴 했지만 부산 분타주와 그의 집안은 상당히 막역했다.

도움의 손길을 원한다면 당연히 내밀어줄 것이고 수사를 함께 진행해 줄 수도 있을 터였다.

부산 분타의 정보원 유민식은 료타에게 화면 속 건달들의 정체에 대해서 설명해 주었다.

"부산 흑산파의 조직원들로 보입니다. 이 중에 한 명은 행동대장으로 활동하고 있고요."

"그렇다면 만약 이것이 청야성의 짓이라면 흑산파까지 그들의 끄나풀이 된 것일까요?"

"그럴 가능성이 높습니다. 원래 부산의 암흑 세력이 한창 강성했을 때엔 누구의 지시나 사주를 받고 살인을 하거나 납치하는 일이 거의 없었습니다. 민간인을 괜히 잘못 건드렸다가 일이 꼬이면 골치 아파지거든요."

"흠……."

"필요악이라는 말이 있지요. 화랑회가 영남지방 건달들을 죄다 때려눕히는 바람에 그들의 설 자리가 없어졌습니다. 그래서 세력이 위축되고 분열되다 보니 이런 청부에까지 손을 대는 것이지요. 원래 그들은 나이트클럽, 유흥가, 마약 밀매 등으로 돈을 벌었지 사람을 죽이고 돈을 받은 일은 없었습니다."

"위에서 제재를 가하는 세력이 없으니 자기들 하고 싶은 대로 논다는 소리군요?"

"한마디로 정통 건달이 사라진 겁니다. 계보가 없으니 무슨 짓거리를 해도 상관이 없는 거죠. 다칠 조직이 있는 것도 아니고 그렇다고 눈치 볼 윗사람도 없으니 말입니다."

"이것 참……."

화랑회가 민생을 좀먹는 건달들을 전부 정리하고 그 사업장을 빼앗아 버리자 그들은 세력이 와해되어 수면 아래로 모습을 감추어 버렸다. 그렇지만 건달들이 사업장을 빼앗기고 나니 오히려 문제가 더 심각해졌다.

이제는 암암리에 돈이 되는 인신매매나 사기, 납치 살인 대행 등으로 돈을 벌어들이고 있었다.

그나마 예전 건달들의 세력이 강성했을 때엔 적당한 선에서 타협하면서 잘 살아왔다지만 지금은 얘기가 달랐다.

건달들이 수면 위로 떠오르기만 하면 때려잡으니 뭘 제대로 해볼 수가 없었던 것이다.

"아무튼 흑산파에 대해서 수소문하면 적어도 오늘 밤까진 정보가 나올 것입니다. 그놈들의 뒤를 캔 이후에 움직여서도 늦지는 않을 겁니다."

"고맙습니다."

"후후, 별말씀을."

정보 의뢰를 해놓은 후 료타는 하오문의 말을 전하였다.

"어제 하오문에서 정보를 전해왔습니다. 사성회 김명화 검객의 자제가 타구봉의 반쪽을 찾았다고요."

"……!"

"한데 나머지 반쪽을 가지고 간 놈들을 찾을 수 없어서 조사를 벌이고 있답니다. 그러니 우리 개방도 그들을 따라서 반쪽짜리 타구봉을 가지고 간 놈을 잡아야 할 겁니다."

유민식은 흥분을 감추지 못했다.

"드디어……!"

"우리 방이 일통될 가능성이 대두되었습니다. 그러니 최선을 다해서 반쪽을 찾아내야겠지요."

그는 하오문에서 받은 정보를 유민식에게 전달하였다.

"이 소식을 부산 분타주께 전해주십시오. 그렇게 되면 인맥과 인맥을 타고 타구봉의 소식이 전해질 테니 분단된 각 분타가 움직이는 시발점이 될 겁니다."

"알겠습니다!"

지금껏 분타와 분타가 통합하지 못한 것은 구심점이 없는 상태로 연락이 닿는 곳만 합치게 되면 무인 연합에서 쳐들어와 와해시킬 수 있기 때문이었다.

또한 지금껏 자신들이 축적해 온 재산이 있어 그 이해관계가 틀어질까 봐 쉽사리 움직이지 못한 것이다.

하지만 타구봉의 반쪽이 발견된 이상 개방이 가만있을 리 없었다.

이제 드디어 개방이 움직일 구심점이 생겨난 것이다.

*   *   *

칠레 중북부 아타카마 주의 산악 지대에는 초대형 몬스터인 그레이트 레드 드레이크가 서식하고 있다.

그레이트 레드 드레이크의 영역에는 와이번과 드레이크가 함께 세력을 구축하고 있으며 북부 지역 삼파전에서 두 번째로 큰 세력권을 가지고 있다.

태하는 산악 지대 꼭대기에 위치한 드레이크 존으로 들어가기 위해 칠레군의 전술차량을 이용하기로 했다.

칠레 산악 부대의 도움으로 전술차량과 헬리콥터를 지원받은 태하는 대략 일주일 만에 드레이크 존에 도달했다.

산등성이를 마음대로 오르내릴 수 있도록 만들어진 이 전술차량이 없었다면 아마도 불가능했을 일이다.

태하는 지도를 펼쳐 드레이크 존의 반경을 살펴보았다.

"대략 40㎞ 반경이 직접 영향권이고 100㎞ 밖이 간접 영향권이군요."

"그렇다면 나머지 몬스터들의 영역과는 거리가 상당히 먼 편이군요?"

"길게는 1,000㎞, 적게는 500㎞쯤 될 겁니다. 나머지 구역은 이미 인간이 점령했기 때문에 더 이상 팽창하지 않는 것이죠."

"흠, 그렇군요."

어차피 북부 지역에는 사람이 살 수 없는 척박한 땅이 많으니 몬스터 활동 구역은 지하 세계 무인들에게 내어주고 해당 수익을 배분하여 이득을 보는 것이 국익에 훨씬 도움이 된다.

이처럼 통제만 잘된다면 인간과 몬스터가 공존하는 것도 아주 불가능한 일은 아니었다.

"만약 이곳이 밀리면 사태가 심각해질 수 있으니 다른 놈들이 치고 올라올 때까진 최선을 다해 공격해야 합니다."

"예, 잘 알고 있습니다."

태하는 이 구역을 새로 맡아줄 후발 주자를 선택해야 한다.

"이곳 산악 던전의 2인자는 누구입니까?"

"스네이크 킹이 있습니다."

"스네이크 킹이라?"

"바실리스크와 자이언트 스네이크들의 수장 격인데, 몸길이가 무려 120미터에 이르지요."

"엄청나군요. 거의 이무기급인데요?"

"그렇긴 하지만 하늘을 날 수 없고 열에 약하다는 단점이 있습니다. 그래서 불을 다루는 자이언트 레드 드레이크에게 밀려날 수밖에 없었지요."

"흠, 그렇다면 놈이 대권을 잡았을 때 저놈들이 세력권을 넘보지 않을까요? 그 정도 능력은 된다고 보십니까?"

반 헤멜릭은 아주 확신에 찬 눈빛으로 말했다.

"드레이크가 공대지 능력이 뛰어난 것은 사실이지만 그렇다고 절대적으로 스네이크 킹을 가볍게 이기는 것은 아니었습니다. 세력권 두 번째라곤 해도 오히려 첫 번째 세력권보다 훨씬 뛰어난 점도 많지요."

"흠, 그렇다면 큰 걱정은 하지 않아도 되겠군요."

"다만 놈이 사라진 이후에 세력권 정리를 조금 도와주셔야 할 겁니다. 활동 반경 내에서 세력권을 굳건히 하자면 인간의 침략이 어느 정도는 필요할 테니까요."

"알겠습니다. 그건 걱정하지 마세요."

이제 태하는 이곳의 왕을 불러내기 위해 미끼를 풀기로 했다.

*　　　　*　　　　*

북부 지역에는 크고 작은 짐승과 몬스터들이 있지만 정작 몬스터가 가장 좋아하는 먹이인 인간은 찾아보기 힘들었다.

주로 군대가 지키고 있는 도로를 따라서 차량이 이동하고 사람이 거주하는 지역 인근에는 무조건 수렵 부대나 무인 집단이 주둔하고 있었기 때문이다.

인간을 잡아먹고 싶어도 세력권 침범 등의 문제로 인해 자유롭게 움직이지 못한 것이다.

그런 가운데 태하가 아무런 무장도 없이 놈들의 영역에 발을 들였다.

휘이이이잉!

모래바람이 불어닥치고 있는 황량한 바위산에 올라선 태하는 놈들을 도발하기 위해 일부러 피까지 흘리고 있었다.

몬스터의 후각은 상당히 예민하기 때문에 이렇게 작은 출혈이 일어난 것만으로도 충분히 자극이 될 것이다.

이제 태하는 최대한 놈들의 관심을 끌기 위해 아주 힘겨운 척 산비탈을 올랐다

"허억, 허억!"

되도록 피와 땀이 섞여 냄새를 풍겨야 놈들이 미쳐서 달려들 것이니 내공으로 열을 올려 땀을 배출하였다.

하지만 30분이 지나도 놈들이 달려들 생각을 하지 않았다.

그는 반 헤멜릭에게 무전을 날렸다.

"…이봐요, 정말 이렇게 하면 놈들이 냄새를 맡고 달려드는 것 맞습니까?"

—네, 맞습니다. 놈들은 후각으로 사냥감을 찾으니 지금 하시는 방법이 정답입니다.

"그런데 30분이 지났는데도……."

이곳은 사막지대에 있는 산맥이기 때문에 다소 덥고 뜨거운 바람이 불어온다.

제아무리 태하라고 해도 내공으로 몸의 열을 억지로 올려놓은 상황에서 햇빛을 이렇게 대책 없이 받으면 힘이 들 수밖에 없다.

처음엔 일부러 힘든 척을 했지만 이제는 슬슬 인내심의 한계를 느끼고 있었다.

"헥헥!"

바로 그때, 그의 머리 위로 갑자기 그늘이 지기 시작했다.

태하는 드디어 자신의 노력이 빛을 발한다고 느꼈다.

"…놈이 온 것 같은데요?"

—와이번 떼입니다. 아마 이제 곧 드레이크가 나타날 테니

바짝 긴장하시는 것이 좋을 겁니다. 와이번은 오우거들과는 달리 재빠르고 잔악합니다. 드레이크 역시 덩치가 크고 순발력이 타의 추종을 불허하지요.

"그래 봐야 박쥐 새끼들인데요, 뭘."

태하는 그 자리에 가만히 서서 놈들이 더 많이 몰려올 때까지 기다렸다.

끼에에에에엑!

하늘을 전부 다 가리고도 모자라 이제는 땅바닥으로 내려와 앉은 가고일들이 태하를 노려보며 침을 질질 흘렸다.

아주 작은 드래곤의 형상을 한 와이번은 온몸이 돌덩이처럼 딱딱한 외피로 뒤덮여 있었다.

드래곤과 몬스터는 총탄으로는 사냥이 불가능하고 오로지 냉기에만 반응하기 때문에 사냥이 까다롭기로 유명했다.

그런 놈들이 새까맣게 몰려들고 있는 가운데, 저 멀리서 날개의 길이만 무려 10미터에 이르는 거대한 박쥐들이 날아왔다.

끼에에에엥!

"드레이크가 몰려오는군요."

─이제 곧 불을 뿜을 겁니다. 준비하세요.

"알겠습니다."

태하가 검을 뽑아 들자 드레이크와 와이번들이 그를 공격할 준비를 하였다.

크르르릉!

하지만 놈들은 끝까지 태하를 공격하지 않았다.

마치 탐색전을 펼치듯 태하의 주변을 빙글빙글 돌면서 기회를 엿보는 것 같기도 했다.

"왜 덤비지 않는 거죠?"

―글쎄요. 인간은 귀한 먹이이니 보스에게 헌납하는 것은 아닐까요?

"…귀한 먹이라니 기분이 썩 좋지는 않네요."

잠시 후, 그의 말대로 뒤늦게 자이언트 레드 드레이크가 모습을 드러냈다.

펄럭, 펄럭!

크아아아아앙!

머리부터 꼬리까지의 길이가 거의 80미터에 육박하는 이 엄청난 녀석은 자이언트 트리 오우거와 견주어도 손색이 없을 정도의 엄청난 크기를 자랑하였다.

"대단하군. 저런 놈이 버티고 있으니 당연히 쳐들어올 생각을 못 하지."

―…실제로 보니 더 대단하군요. 솔직히 저는 당신과 더 이상 일을 못 하겠습니다. 저런 무지막지한 놈들만 상대하다 보니 제 수명이 단축되는 느낌이에요.

"그래도 별수 있습니까? 선생님도 연구에 필요하니 저를 따라다니는 것 아닙니까?"

─그렇긴 하지만…….

반 헤멜릭의 짧은 투정이 지나고 난 후, 자이언트 레드 드레이크가 땅바닥으로 내려앉았다.

쿠웅!

놈은 산성물질로 이뤄진 침을 질질 흘리며 태하를 노려보았다.

크르르르르르릉!

치이이이익!

침이 떨어질 때마다 바닥에 잔잔한 불길이 일어났는데, 아무래도 놈이 입에서 불을 뿜는 것은 저것과 관련이 있는 것 같았다.

"놈이 무엇에 약하다고 했습니까?"

─얼음이요. 추위에 비교적 약합니다. 그렇지만 주변이 춥다곤 해도 워낙 피부가 두꺼워서 그런 것쯤은 별 신경도 안 쓸 겁니다.

"그렇다면 어떻게 기절시킨담?"

─…제 말이 그 말입니다. 어떻게 기절시켜서 데리고 가지요?

태하는 깊은 고민에 빠졌다.

무려 80미터가 넘는 저 덩치를 쓰러뜨려서 끌고 간다는 것은 결코 만만치 않은 작업이다.

　물론 싸워서 이기는 것은 누워서 떡 먹기지만 죽이지 않고 살려서 데리고 가는 것은 여간 힘든 일이 아니었다.

　그는 가만히 생각하고 있다가 묘수를 떠올렸다.

　"내상을 입혀 데리고 가면 되겠구나."

　겉껍질이 딱딱하니 보통 방법으로 기절시키는 것은 힘들고 딱딱한 껍질 안을 흔들어서 기절시킨다면 충분히 승산이 있을 것이다.

　태하는 금강석 인형들을 하나로 모아 아주 거대한 뿅망치를 만들어냈다.

　부우우우욱!

　겉은 딱딱하고 속은 텅 비어 있지만 망치가 적당히 수축하면서 압력을 가해주니 한 대 맞으면 아마 머리가 핑 돌 것이다.

　여기에 전기 충격까지 가해진다면 놈은 분명 기절하고 말 것이다.

　―뽀, 뿅망치?!

　―그것으로 놈을 쓰러뜨릴 수 있겠습니까?

　"길고 짧은 것은 대봐야 알죠."

　태하는 금강석 팔찌를 날개의 형태로 바꾸어 힘차게 도약했다.

　펄럭!

그러곤 바람을 타고 선회비행을 하면서 놈의 머리까지 단숨에 다가섰다.

쐐에에에엥!

제아무리 감각이 좋아도 자연경에 이른 태하의 보법을 따라갈 수 있는 시력은 없었다.

태하는 뿅망치에 현무 회오리치기와 청룡 뇌전격의 무공을 불어넣었다.

고오오오오!

촤좌좌좍!

날카로운 회오리바람이 장막을 만들고 그 주변을 뇌전이 채워 너무나도 강력한 한 방을 만들어냈다.

"좋아, 완성이다!"

이제부터 중요한 것은 얼마나 완급 조절을 잘하느냐 하는 것이다.

이 세상의 그 어떤 단단한 물질도 한 방에 산산조각 날 뿅망치에 맞으면 놈은 그 자리에서 피를 토하며 죽을 것이 분명했다.

그러니 약간의 힘 조절을 통하여 놈을 살려두는 것이 관건이다.

태하는 대략 40%의 힘으로 놈의 머리를 후려쳤다.

"자, 받아라!"

부웅!

순간, 놈의 머리에 상상도 할 수 없는 압력이 가해졌다.

타아아앙!

끄헤에에에에엑!

뿅망치에서 뿜어져 나온 후폭풍은 와이번과 드레이크들을 저만치 날려 버렸다.

크에에에엑!

—이, 이게 무슨……?! 이래서 저놈이 살아날 수 있을까요?!

"글쎄요. 저도 힘 조절을 해보는 것은 처음이라서 확신은 없습니다."

—아무리 놈이 살아난다고 해도 뇌사나 반신불수의 상태로 깨어나면 답이 없어요!

바로 그때, 자이언트 레드 드레이크가 쓰러지고 말았다.

쿠웅!

태하는 곧장 놈의 코로 날아가 숨을 쉬는지 안 쉬는지 확인해 보았다.

—…….

"허, 허억! 놈이 숨을 안 쉽니다!"

—젠장! 죽은 것 아닐까요?!

태하는 자신의 전공은 아니지만 놈을 되살려 보기로 했다.

"CPR을 해야겠습니다!"

―시, 심장마사지를 한다고요?!

"어쩔 수 없어요!"

그는 뿅망치를 내려놓고 손에 내공을 집중시켜 바람의 기운을 끌어모았다.

스스스스스!

이윽고 그는 놈의 갈비뼈를 부러뜨리겠다는 일념으로 펌프질을 시작하였다.

"하나, 둘, 셋, 넷!"

대학에서 배운 대로, 사람에게 하던 그대로 CPR을 해보는 태하이지만 놈이 깨어날 생각을 하지 않았다.

그는 적당한 전압을 생성하여 스스로 전기 충격기를 만들어냈다.

구그그그극!

"제세동기를 사용하겠습니다! 셧!"

덜컹!

쿵!

거대한 몸집이 하늘 높이 들렸다가 다시 내려앉았다.

하지만 여전히 숨을 쉬지 않는다.

―젠장! 심장이 완전히 멎어버렸는데요?!

"아직 아닙니다! 저는 살리겠다고 마음먹으면 무조건 살립니다!"

그는 전압을 올려 다시 한 번 충격을 가했다.

"셧!"

쫘지지지직!

놈의 몸이 조금 더 높이 올라갔다가 떨어져 내리자 다시 숨이 돌아오기 시작했다.

―끄응, 끄응, 끄응.

"사, 살았다!"

―…단장님, 죄송하지만 그래서 어디 사냥이나 해먹고 살겠습니까?

"회복을 시켜봐야지요."

태하는 놈을 금강석으로 만든 와이어에 연결시켰고, 그 아래에 티타늄으로 만든 받침대를 깔아 옮길 준비를 마쳤다.

"자, 이제 하산합시다. 어찌 되었든 간에 놈을 되살리는 것이 중요하니까요. 어서 수의사들을 모집해서 수술을 하든 약을 먹이든 하자고요."

―예, 알겠습니다. 지금 당장 연락하겠습니다.

태하는 초대형 몬스터를 수술하는 전대미문의 사건을 만들어내게 되었다.

제5장
동료

금강석 와이어로 자이언트 레드 드레이크를 묶어놓은 태하는 야외에 차려진 초대형 수술방으로 수의사와 몬스터 전문가들을 섭외해 두었다.

그들은 지금 막사 주변을 선회비행하고 있는 와이번과 드레이크들 때문에 제정신을 차릴 수가 없었다.

끄응, 끄응.

"앓는 소리가 들리네요. 어서 진단을 내리시죠."

"하, 하지만 잘못했다가 놈이 깨어나 습격이라도 한다면……."

"몬스터도 머리가 있습니다. 알파가 이곳에 잡혀 있는데 쉽사리 공격할 수는 없을 겁니다. 그리고 다이아몬드로 만든 족쇄와 재갈을 물려놓았으니 일어난다고 해도 큰 문제는 없을 것으로 보입니다."

"그, 그래도……."

우물쭈물하는 의사들에게 부총리 후안 안토니오가 말했다.

"이 수술이 실패하면 우리의 국운은 여기서 끝입니다. 그러니 반드시 살려내세요."

"…이것 참."

그의 엄포에 남미는 물론이고 북미에서 원정을 온 수의사들이 억지로 진료를 시작하였다.

"그럼 일단 X—RAY와 CT부터 찍고 시작하시죠."

"조영제가 들어갈까요?"

"투여량을 늘리면 됩니다. 예전에 코끼리의 CT를 찍을 때에도 비슷한 방법으로 했지요."

"흠, 그렇군요."

드래곤형 몬스터와 포유류는 엄연히 다른 동물이지만 그래도 지금 이 상황에선 왕도가 없었다.

수의사들은 상의 끝에 조영제의 투여량을 결정하고 이동식 X—RAY와 CT를 촬영하기로 했다.

끼릭, 끼릭.

건물의 단면을 촬영할 때 쓰이는 방사선 기계와 수로 탐색에 쓰이는 자가 공명 장치를 가지고 온 의료진은 그것으로 촬영을 감행하였다.

철컹!

"찍었습니다. 결과는 바로 나올 테니 곧바로 상의하도록 합시다."

드래곤의 두개골과 경추, 흉부 엑스레이를 촬영한 수의사들은 심각한 표정으로 사진을 바라보았다.

"흠, 이것 참……."

"뇌출혈이 의심되네요. 막상 두개골을 연다고 해도 출혈을 잡아낼 수 있을지도 의문이고요."

"그나마 경추와 심장은 멀쩡해서 다행입니다."

수의사들이 난감해하는 사이 또 CT가 촬영되어 그들에게 결과가 전달되었다.

이번에는 태하와 함께 판독 결과를 지켜본 수의사들은 수술의 방향을 결정했다.

"놈의 뇌 구조가 악어와 비슷합니다. 뇌는 작지만 그것을 감싸고 있는 두개골과 뇌막 등이 상당히 두껍습니다."

"그래요. 열기가 여간 힘들지 않겠어요."

"그런데 가장 큰 문제는 두개골을 개봉했을 때입니다. 워낙 환부가 커서 이것을 꿰매는 데 며칠은 걸릴 겁니다. 만약 그 동안 출혈이 계속된다면 놈은 분명 뇌사 상태에 빠지게 되겠지요."

덩치가 큰 만큼 수술하는 방법도 만만치가 않았다.

환부의 길이가 무려 3미터에 이르니 이것을 꿰매고 봉합하는 데 상당히 오랜 시간이 걸릴 것으로 보였다.

태하는 가만히 사진을 바라보다가 한마디 툭 던졌다.

"굴삭기로 합시다."

"구, 굴삭기요?"

"굴삭기에 두꺼운 의료용 실을 매달아서 봉합하는 겁니다. 굴삭기의 앞부분을 재봉틀처럼 바꾸어 꿰매는 거지요."

"아아, 그런 방법이……!"

"자자, 이럴 시간이 없어요! 굴삭기는 제가 알아서 구하겠습니다. 그러니 의료용 실과 소독약 등을 준비해 주세요. 서두릅시다."

"네!"

의료진이 일사불란하게 움직이기 시작했다.

*　　　　*　　　　*

만 하루 만에 두께 30㎝의 초대형 실이 만들어졌고, 드래곤을 잠재울 마취제와 소독약, 그리고 드레이크의 혈액이 준비되었다.

석선은 화학 공장에서 사용하는 공업용 진공 투석기기를 사용하기로 했고 수혈기는 시멘트 공장의 설비를 뜯어다가 세팅하였다.

이제 사상 최초로 자이언트 레드 드레이크를 수술하는 수술방이 차려진 것이다.

태하는 금강석 인형으로 만든 초고속 절단기와 20대의 굴삭기를 준비했다.

삐빅, 삐빅.

초대형 전광판으로 전달되는 드레이크의 심장 박동과 혈압은 정상이었다.

후욱, 후욱!

산소마스크를 쓴 채 누워 있는 드레이크의 머리에 드디어 태하의 초고속 절단기가 달라붙었다.

"자, 그럼 수술 시작합니다."

위이이이이이이익!

절단기를 켠 태하가 석선 기기 작동을 명령하였다.

"석선!"

취이이이이이익!

검은색 드레이크의 피가 빨려들어 가면서 뼈가 달궈져 불에 타는 냄새가 났다.

"식염수 잘 뿌려요!"

"예!"

초고속 절단기에 식염수가 투여되자 불에 타는 듯한 냄새가 없어졌다.

지이이이잉!

내공을 담은 태하의 초고속 절단기가 외피를 벗겨내자, 그 안에 자리 잡고 있던 두개골이 모습을 드러냈다.

태하는 초대형 드릴을 이용하여 드레이크의 두개골에 여덟 개의 구멍을 뚫었다.

끼이이이이이잉!

그는 공항에서 사용하는 탐색기를 이용하여 놈의 피질을 건드리지 않도록 주의하면서 드릴을 잡았다.

뽕!

"됐다. 구멍을 다 뚫었습니다. 이제 절개하여 두개골을 열겠습니다."

그는 거대한 메스의 형태로 바꾼 금강석 검에 내공을 불어 넣어 아주 섬세하게 구멍과 구멍을 잇는 방식으로 두개골을 열었다.

서걱, 서걱!

그러자 놈의 뇌막이 모습을 드러냈다.

두근, 두근!

자신은 아직 살아 있다는 것을 증명하듯 놈의 뇌가 고동을 치고 있다.

태하는 뇌막을 아주 살며시 도려내어 천천히 막을 벗겨냈다.

슥슥슥슥.

바로 그때, 뇌막이 잘려 나가면서 혈액이 뿜어져 나왔다.

푸하아아아악!

"출혈입니다!"

삐빅, 삐빅, 삐빅!

"선생님, 혈압과 맥박이 떨어집니다!"

"피를 주입해요! 어서!"

어제 저녁나절에 사냥해서 뽑아둔 드레이크의 피를 쥐어짜 공급해 보았지만 여전히 놈의 혈압과 맥박은 돌아오지 않았다.

"맥박이 계속 떨어집니다!"

"이제 곧 위험 수위에 도달할 것 같습니다! 선생님, 결단을 내리시지요!"

처음엔 겁이 나니 어쩌니 말이 많던 수의사들은 이제 진심으로 수술에 집중하고 있었다.

태하 역시 최상의 집중력으로 집도하고 있지만 이렇게 거대한 수술은 처음인지라 걱정이 이만저만이 아니었다.

그래도 그는 침착하게 수술을 이어나갔다.

"환부를 찾아서 봉합하고 뇌막을 건드리고 있는 어혈을 제거하기만 하면 됩니다. 석션!"

취이이이이이익!

석션 기계가 놈의 뇌에서 뿜어져 나오는 혈액을 마구 빨아들이자, 뇌막 중간에 거대한 상처와 까맣게 굳은 어혈이 모습을 드러냈다.

"찾았다!"

태하는 직접 뇌막 안으로 들어가 어혈 덩어리를 제거해 냈다.

슥삭, 슥삭!

이윽고 그는 뇌막의 출혈 부위 양옆의 혈도를 막아 출혈을 잡았다.

퍽, 퍽!

"됐다!"

"오오!"

"자, 이제 봉합을 실시하겠습니다! 선생님들, 모두 굴삭기 위로 올라와서 상처를 봉합하십시오!"

"네!"

의사들은 일사불란하게 금강석 굴삭기 위로 올라가 신속하고 꼼꼼하게 봉합을 이어나갔다.

다다다다다!

건설 현장을 방불케 하는 스케일이었지만 의사들의 눈빛은 한 점 흔들림이 없었다.

전 세계에서 난다 긴다 하는 수의사들이라 그런지 봉합은 아주 깔끔하게 끝났다.

무려 세 시간 동안이나 계속된 봉합이 끝난 후 태하는 점혈을 풀었다.

툭툭!

그러자 뇌가 제 기능을 찾고 혈압이 정상으로 되돌아왔다.

삐빅, 삐빅.

"바이탈을 되찾았습니다!"

"좋았어!"

이제 태하는 절개하였던 두개골을 다시 끼워 넣고 뚫은 구멍에 티타늄 나사를 박아 마무리하였다.

위이이이이이잉!

이제 놈의 두개골이 제대로 붙기만 한다면 큰 문제는 발생하지 않을 것이다.

"휴우, 이제 외피만 닫고 결과를 지켜봅시다."

"예, 선생님. 고생 많았습니다."

얼떨결에 태하가 집도를 하긴 했지만 수술의 결과는 대성공이었다.

*   *   *

수술 다음 날, 자이언트 레드 드레이크가 거대한 링거를 맞
으며 잠에 빠져 있다.

크릉, 크릉!

태하는 청진기로 놈의 상태를 체크해 보았다.

"음, 별다른 이상은 없는 것 같군. 바이탈도 정상이고. 한데
왜 아직까지 정신을 못 차리는 거지?"

각종 영양제를 투여하여 기력을 회복시키고 있지만 여전히
의식이 돌아오지 않는다.

태하는 행여나 자신의 수술이 잘못되어 일을 그르치면 어
쩌나 싶었다.

"빨리 깨어나야 할 텐데……."

놈을 보살피고 있던 태하에게 군의 전령이 도착하였다.

척!

"단장님, 전방에서의 전갈입니다! 놈들의 세력권을 단속하
는 데 성공하여 스네이크 킹의 세력권이 자리를 잡았답니다!
이제 남부의 세력권만 확충되면 춘추전국시대가 순조롭게 마
무리될 것 같습니다!"

"흠, 그렇군요."

칠레 군은 태하의 말처럼 북부의 두 개 세력에 화력을 가했고, 그 바람에 스네이크 킹이 왕권을 잡아 새로운 3대 세력으로 자리매김하게 되었다.

덕분에 가고일과 드레이크들은 갈 곳을 잃었지만, 이제 곧 태하의 손에 이끌려 새로운 보금자리로 찾아갈 것이다.

태하는 병실 밖으로 나가 놈들의 동향을 살펴보았다.

끼이이잉!

크울, 크울!

엎드려 자는 놈들도 있고 서로 몸을 맞대고 장난을 치고 있는 놈들도 간혹 보인다.

놈들은 태하가 나오자마자 자리에서 벌떡 일어나 그를 바라보았다.

…….

"뭐야? 도전이냐?"

하지만 놈들은 태하에게 달려들거나 괴기한 소리를 내지 않았다.

그저 가만히 앉아서 태하의 얼굴만 바라볼 뿐 다른 행동은 보이지 않았다.

태하는 주머니 속에 들어가 있는 백룡을 꺼내 들었다.

"야, 쟤네 왜 저러는 거야?"

―…꾸우?

"아아, 말이 통하지 않던가?"

그는 청림이라면 백룡의 언어를 통역할 수도 있겠다 싶었다.

숙소에서 쉬고 있는 청림을 찾아간 태하는 백룡의 언어를 통역할 수 있는지 물었다.

그러자 그녀는 당연하다는 듯이 고개를 끄덕였다.

"인간에게 길들여진 몬스터는 동물과 같아요. 저번에도 저와 약간이나마 말이 통하는 것을 느꼈지요."

"으음, 그럼 원래 야생 상태의 몬스터들은 어떤데?"

"그냥 단순한 괴성만 들려요. 자기들만의 패턴을 가지고 대화하기 때문이죠. 하지만 백룡의 경우는 달라요. 인간에게 길들여져 인간과 소통하기 위해 노력하고 있지요. 그래서 대화가 가능한 겁니다."

"아하, 그렇군."

태하는 그녀를 데리고 나가서 와이번, 드레이크 무리의 언어를 백룡에게 번역시키고 그것을 통역해 줄 것을 부탁했다.

흔쾌히 허락한 그녀는 놈들의 언어를 해석해서 태하에게 알려주었다.

"알파라고 부른다는데요?"

"알파?"

"아무래도 오라버니께서 새로운 알파가 되신 모양입니다."

"내, 내가?"

"오우거 무리가 전멸했을 당시에도 그 잔당들은 더 이상 공격성을 띠지 않았지요. 그것은 바로 오라버니를 알파로 생각했기 때문입니다. 그런데 자신들의 영역을 지키지 않고 떠나버렸으니 실망하고 다른 세력권으로 들어간 것이지요."

"흠, 내가 생태계를 망쳐 버린 것이로군."

"그렇지만 놈들에게 인간의 터전을 빼앗길 수는 없지요. 최대한 공존하는 방향으로 가닥을 잡아야 해요."

"그래, 그래야지."

태하는 놈들에게 몬스터를 사냥하여 끼니를 때울 수 있도록 지시했다.

"인간이나 동물 말고 몬스터를 사냥해서 끼니를 때우라고 전해줘."

"네, 오라버니."

청림이 백룡에게 전달하자 놈의 울음소리가 무리에게 전달되었다.

잠시 후, 놈들은 정말로 자리에서 날아올라 자신들의 먹이를 찾아서 흩어져 갔다.

"놈들이 우리의 말을 들을까?"

"인간을 공격하지 말라는 것은 알파의 뜻이니 거역하지는 않을 겁니다."

태하는 잠시 놈들을 지켜보기로 했다.

*   *   *

다음 날, 몬스터 세력 중 군소 세력이 와이번과 드레이크에게 초토화되어 사라졌다는 보고가 전해졌다.

또한 놈들이 인간의 도시를 가로질러 날아갔지만 별다른 문제는 벌어지지 않았다.

태하는 자신이 진짜 알파로서 자리를 잡았다고 생각했다.

"흠, 신기한 일이군."

"몬스터의 세계에도 룰이라는 것이 있으니까요."

"그래, 그래서 그렇게까지 목숨을 걸고 영역 싸움을 벌이는 것이겠지."

태하는 힘의 논리가 가장 잘 통하는 이곳이야말로 인간 사회와 가장 비슷한 곳이 아닌가 하는 생각을 해보았다.

자이언트 레드 드레이크가 누워 있는 병실에 앉아 놈을 간호하고 있던 태하는 별안간 거대한 꼬리가 꿈틀거리는 것을 목격하였다.

덜컹!

순간 태하는 그 자리에서 일어나 놈의 눈꺼풀을 위로 들어

올렸다.

"끄응!"

거대한 눈꺼풀을 위로 들어 올리고 투광등을 비춰보니 놈의 동공이 수축된다.

크릉…….

이윽고 완전히 눈을 뜬 놈이 태하를 바라보았다.

"정신이 좀 드는 모양이군."

…….

놈은 다른 개체들과 마찬가지로 아무런 미동도 없이 그저 태하를 가만히 바라보고 있을 뿐이다.

"뭐지?"

"아무래도 이놈도 알파의 휘하로 들어간 것 같은데요?"

"내가 놈을 이겼다고 해서 꼬리를 만 건가?"

"이곳은 힘의 논리가 지배하는 곳입니다. 이긴 사람이 장땡인 거죠."

"편리해서 좋군."

태하는 놈을 속박하고 있는 금강석 족쇄를 풀어주었다.

철컹!

이제 재갈만이 남았는데 태하가 그것을 벗겨도 놈은 아무런 미동도 없었다.

…….

"정신이 나간 것은 아니겠지?"

"머리를 다쳐서 온순해진 것이라면 저 밖에 있는 놈들은 어떻게 된 건지 설명이 안 돼요. 아마 제가 생각한 것이 맞을 겁니다."

태하는 백룡을 꺼내 들었다.

"어이, 나와 봐."

꾸우?

비록 미꾸라지보다 약간 더 큰 크기지만 그래도 용의 형상을 하고 있는 몬스터인지라 둘 사이에서 약간의 스파크가 튀었다.

크르르르르릉!

……

가만히 서로를 노려보던 두 놈은 약간의 의사소통으로 의견을 조율한 것으로 보였다.

잠시 후, 백룡이 청림에게 뭔가를 피력했다.

"알파, 알파랍니다. 백룡이 말하기론 졌으면 순순히 휘하로 들어가는 것이 당연한 일이랍니다."

"다행이군."

"더군다나 오라버니께서 해치워 버린 두 마리의 몬스터로 인해 춘추전국시대가 도래하였지만 이제 그것이 다시 정리될 것이라고 합니다."

"정리가 되다니?"

"오라버니께서 이곳을 평정하신 것이지요."

"이야기가 그렇게 되나?"

"드레이크 존은 오라버니에게 패하였으니 직속이 되는 거고 나머지는 적이지만 세력이 약한 속국이나 마찬가지인 겁니다."

"흐음, 그럼 사두룡이 먹은 지역의 몬스터는 왜 날뛰는 거지?"

"보스를 제압하여 굴복시킨 것이 아니라 죽이지 않았습니까? 그럼 그곳의 보스로 있어야 하는데 도망친 것으로 인식한 거죠. 남부에서 일어난 현상과 일맥상통하죠."

"그럼 어째?"

"이제부터 오라버니가 잘 통치하셔야지요."

얼떨결에 몬스터의 왕이 된 태하는 던전을 구축하기 위해 떠날 채비를 했다.

* * *

칠레 군부에서 추천한 지역은 총 네 개인데, 모두 강성한 몬스터의 세력권이 있던 자리나 그 바로 옆이었다.

몬스터가 많다는 것은 그만큼 살기 좋은 곳이라는 뜻이니 드레이크 존을 옮겨놓아도 별 문제는 없을 것이다.

태하는 중남부 지역 산악 지대에 놈들을 옮겨놓고 이곳에 자리를 잡았다.

거대한 동굴을 아지트로 삼아 자이언트 레드 드레이크를 안착시킨 태하는 이곳에서 잠시 휴식을 취하고 내려가기로 했다.

만약 그가 사라졌다고 배신감을 느낀다면 어쩔 수 없지만 그게 아니라면 2인자로서 제 몫을 다하게 될 것이다.

태하가 쉬는 동안 와이번과 드레이크들이 산짐승을 잡아다 바쳤다.

크헤에엑!

"조공인가?"

"이곳의 알파는 적의 침입에 대비해야 하니 힘을 최대한 아껴야 할 겁니다."

"수사자가 항상 잠만 자고 있는 것과 같은 이치이군."

"그런 셈입니다."

놈들이 잡아온 산짐승들은 상당히 양질이었지만 생것이라서 사람이 먹기엔 무리가 있었다.

태하는 놈들이 잡아온 조공을 그대로 돌려주었다.

"옜다, 먹어라!"

크헥!

먹이를 던져주니 놈들이 마구 몰려들어 그것을 먹어치웠다.

2인자는 그것을 가만히 지켜보고 있다가 별안간 동굴을 박차고 나갔다.

크아아아앙!

"저놈, 어디를 가는 거지?"

"글쎄요."

대략 10분 후 놈은 크기 5미터에 이르는 트롤을 잡아왔다.

크헥, 크헥!

목덜미에서 피를 한 바가지나 흘리며 발버둥치는 트롤을 앞발로 찍어 누른 2인자가 태하를 바라보며 고개를 숙였다.

"조공인가?"

"알파에게 주는 거래요."

"이것 참, 황송하군그래."

태하와 청림이 대화를 나누고 있는데 불현듯 놈의 입이 열렸다.

"…주, 준다."

"……?"

"먹는다. 준다. 먹는다."

놀랍게도 놈이 인간의 말로 태하와 대화를 시도한 것이다.

놈은 태하와 청림의 대화를 듣고 그것을 나름대로 익혀서 적당한 단어를 추려낸 것으로 보였다.

"지능이 꽤 높은 것 같은데?"

"몸통에 비해 뇌가 작은 것이지 뇌가 아주 작은 것은 아니니까요."

"그래, 그건 그렇겠군."

청림과 태하는 이곳에서 자이언트 레드 드레이크를 가르쳐 보기로 했다.

"우리가 저놈을 훈련시키자. 그럼 다른 놈들도 알아서 교육이 될 거야."

"아하! 그런 방법이!"

"밖에 있는 놈들도 그리 지능이 낮은 것은 아닌 것 같아. 그러니 말만 통한다면 통제도 가능할 거야."

"그래요. 한번 해보자고요."

태하와 청림은 짐을 풀고 당분간 이곳에서 지내기로 했다.

*   *   *

자이언트 레드 드레이크, 줄여서 레드라 부르기로 한 이놈은 생각보다 습득력이 훨씬 더 좋았다.

"아, 안녕하십니까."

"그래, 그게 바로 인사라는 거다."

"인사."

레드는 몸을 낮추고 고개를 앞으로 쭉 뻗어 내려놓는 시늉을 하였다.

"아아, 그게 네놈들 인사법이라고?"

"이, 인사다. 안녕하십니까."

"그래, 이게 바로 예법이라는 것이군. 흠, 흥미로운데? 이놈들도 나름대로 예의라는 것이 있나 봐."

"몬스터 세계에도 규율이라는 것이 존재하다니 신기하군요."

태하는 인사 말고도 사람이 많이 사용하는 말을 가르쳤다.

"식사하자."

"시, 식사?"

"먹는 거 말이야, 먹는 것."

레드는 태하의 말을 단박에 알아들었다.

탁탁!

입을 위아래로 다물었다 펴기를 반복하여 저작질을 해 보이는 레드다.

"머, 먹는다."

"배 안 고파?"

"먹는다. 싶다."

"아아, 먹고 싶다고?"

"먹고 싶다!"

"그럼 먹으러 가자!"

나가자는 시늉을 하자 레드가 꼬리를 스윽 내밀었다.

"이건 무슨 뜻이지?"

"타라는 것 같은데요?"

"아아, 타고 같이 가자고?"

크릉!

"그래, 가자."

태하가 놈의 등에 올라타자 머리 부근의 비늘 하나가 불쑥 올라왔다.

뚜둑!

"아아, 이게 의자인 모양이군."

비늘의 생김새가 사람이 타고 다니기에 좋게 생겨서 마치 비행기 조종석에 앉은 느낌이 들었다.

태하가 단단히 자리를 잡자, 놈의 양쪽 비늘이 다시 한 번 일어나 태하를 고정시켜 주었다.

꽈득!

"이런 안정감이라니 비행기보다 낫군."

잠시 후, 레드가 미끄러지듯이 동굴을 나와 비상하기 시작했다.

펄럭, 펄럭!

쐐에에에에엥!

하늘 높이 날아오른 레드는 거의 빛의 속도로 하늘을 유영하였다.

"오오오!"

스트레스가 싹 달아나는 놈의 비행은 충분히 즐겁다고 할 만했다.

크릉!

신나게 날아다니던 레드가 어느 한 지점에 멈추어 섰다.

휘이이잉!

레드의 시력은 인간보다 100배 더 뛰어나기 때문에 하늘 높은 곳에서도 충분히 먹잇감을 포착할 수 있었다.

놈은 한 번 타깃을 정하면 사냥이 끝날 때까지 멈추지 않는다.

쐐에에에엥!

엄청난 속도로 쇄도해 나간 레드는 산비탈을 내달리고 있는 다이어울프를 발톱으로 낚아챘다.

퍼억!

다이어울프는 건장한 물소의 네 배에 달하는 덩치를 가진 맹수과 몬스터였지만 레드에겐 그냥 지나가는 승냥이에 불과했다.

단 일격에 다이어울프를 제압한 레드는 그것을 통째로 씹어 먹었다.

으드드득!

"그 덩치를 유지하자면 많이 먹어야겠군."

크룽!

이윽고 레드는 곧바로 다이어울프 무리를 향해 내달리기 시작했다.

쿵, 쿵, 쿵!

네 발을 이용해 달리는 레드의 달리기 실력은 시속 120㎞에 달할 정도로 빨랐다.

태하는 놈의 엄청난 신체 능력에 다시 한 번 감탄하였다.

"만약 내가 일격에 이놈을 제압하지 못했다면 아주 고생할 뻔했어."

레드는 총 15마리의 다이어울프를 화염으로 한 방에 불태워 버렸다.

크아아아앙!

화르르르륵!

찍소리도 내지 못하고 불에 타 죽어버린 다이어울프들은 녀석의 식사거리로 충분할 것으로 보였다.

하지만 레드는 태하에게 먼저 선택권을 주었다.

"먹는다. 알파, 먹는다."

"아아, 내가 먼저 먹으라고?"

"그, 그렇다."

그 무리에 속하자면 함께 먹고 뒹구는 애착 관계를 형성시킬 필요가 있었다.

태하는 다이어울프 중에서 가장 큰 놈의 다리를 붙잡고 사정없이 뜯어 먹기 시작했다.

우드드드득!

"쩝쩝, 맛이 개고기 비슷한데? 육질이 상당히 부드럽군."

레드는 태하가 고기를 뜯어 먹는 것을 보고 나서야 느긋하게 식사를 시작하였다.

식사의 순서를 정해주는 것은 알파의 권한이지만 그것을 지키는 것은 무리의 구성원 역할이다.

레드는 알아서 자신의 서열을 결정지어 태하를 봉양하기로 한 것이다.

이로써 무리의 위계질서가 정해졌다고 볼 수 있었다.

제6장
충성심

며칠 후, 레드는 이제 태하와 대화를 할 수 있는 경지에 이르렀다.

　레드는 오늘 아침나절에 잡아온 다이어울프 고기를 바닥에 내려놓으며 말했다.

　"알파, 먼저 먹어라."

　"그래, 고맙군."

　태하는 아주 맛깔스럽게 다이어울프 고기를 먹어치웠고, 레드는 그 곁에서 몬스터의 시신을 뜯어 먹었다.

　청림이 태하를 바라보며 실소를 흘렸다.

"오라버니도 이젠 정말 몬스터가 다 되셨군요."

"어떤 의미로 본다면 몬스터가 인간보다 나아. 이 녀석들은 최소한 배신하는 일은 없거든."

"으음, 그건 그렇죠."

"원래 나는 인간을 해하는 몬스터가 싫었지만 이젠 생각이 달라졌어. 지구의 주인은 인간이 아닌데 몬스터를 끔찍한 괴물로만 몰고 가는 것은 정당하지 않다고 생각해."

"그래요. 몬스터도 자연이 만들어낸 생물이라면 이 세상을 살아갈 자격이 있죠. 하지만 개체 수 조절은 필요해요. 그렇다고 인간이 죽을 수는 없잖아요?"

"그래, 그건 맞는 소리지."

태하는 레드에게 자신은 하산해야 한다는 것을 알려주었다.

"레드, 네가 2인자로서 무리를 이끌 수 있나? 나는 밖에서 해야 할 일이 있다."

"알파, 떠나려는 건가?"

"무리를 떠나는 것은 아니야. 하지만 나는 인간이라서 너희들과 계속 함께 있을 수 없어. 주기적으로 한 번씩 들를게."

"알겠다. 그럼 나의 심장을 조금 떼어주겠다. 이것으로 소통하자."

"심장을?"

레드는 가슴에 거꾸로 난 비늘 하나를 들어내어 그 안에 숨겨져 있는 심장에 손을 찔러 넣었다.

푸욱!

"레, 레드!"

"괜찮다. 아프지 않다."

그는 심장의 아주 작은 조각을 떼어내 태하에게 건넸다.

우우우웅!

자연의 진기로 빛나는 레드의 심장 조각을 받은 태하는 그것을 어떻게 해야 할지 물었다.

"이걸 어떻게 하면 되는 거지?"

"백룡의 심장에 넣는다. 그럼 백룡과 내가 서로 생각을 공유할 수 있게 되는 거지."

"으음, 그렇군."

태하는 주머니에서 백룡을 꺼내어 그 심장에 레드의 심장을 집어넣었다.

퍼억!

—꾸우!

"조금 아프다. 하지만 금방 괜찮아진다."

—꾸우…….

이제 레드와 백룡은 항상 생각을 공유하면서 살아가게 될 것이다.

이로써 태하와 레드에게도 연결 고리가 생긴 셈이다.

"그럼 나는 이만 안심하고 내려가도 될까?"

"물론이다."

"명심할 것은 다른 놈들이 이곳을 넘보지 못하게 할 것, 그리고 인간을 사냥하는 것은 금물. 알겠지?"

"알겠다. 하지만 우리를 공격하는 인간이 있다면 용서치 않을 것이다."

"물론이지. 적은 밟아주는 것이 우리 무리의 룰이다. 앞으로는 그게 핵심 이념이야."

"그리하겠다."

태하가 동굴을 나서자 수많은 몬스터들이 우르르 몰려나와 울음소리를 냈다.

끄아아아아앙!

쿠오오오오!

그는 무리에게 손을 흔들었다.

"다시 오겠다. 그때까지 건강해라."

크르르릉!

태하는 청림과 함께 다시 남부 전선으로 향했다.

*   *   *

남부 전선에서 아래로 내려간 태하는 조사단과 함께 던전 구축이 제대로 이뤄졌는지 확인하는 여정을 가졌다.

현재 북부는 스네이크 킹의 득세로 인해 다시 삼파전에 돌입했고, 중남부에 레드가 버티고 있기 때문에 세력의 균형이 다시금 맞춰지게 되었다.

이제는 몬스터와 인간의 공존이 다시 이뤄질 수 있게 된 셈이다.

후안 안토니오는 태하에게 감사패를 전달하였다.

산티아고의 그레이스 호텔 스카이라운지에서 감사패 전달식이 열렸다.

"칠레를 위해 열심히 일해주시고 인류를 위해 공헌한 귀하에게 이 감사패를 전달합니다."

"고맙습니다."

짝짝짝짝!

감사패 전달식에는 칠레의 대통령과 내각, 국회의원이 전부 참석하였다.

태하가 꾸벅 고개를 숙이자 국회의장이 태하에게 표창장과 귀빈 신분증을 건넸다.

"받으십시오. 국회에서 드리는 표창장입니다. 당신을 명예국회의원으로 모시고 귀빈으로 받들겠다는 증표이지요."

"이런 것을 저에게 막 주셔도 되는 겁니까?"

"막 드리다니요. 당신은 칠레의 영웅입니다. 더 나아가선 인류의 영웅이기도 하지요. 이번 사건으로 인해 남미 전체가 위기에 빠질 뻔했는데 이 정도는 당연히 해드려야지요."

"아무튼 감사드립니다. 저에게 이런 과분한 선물을 주시다니, 앞으로도 칠레에 자주 방문하여 몬스터들의 균형을 맞추는 데 공헌하겠습니다."

"감사합니다. 당신이 있어 든든하군요."

후안 안토니오는 태하에게 산티아고 그레이스 호텔의 양도 각서를 내밀었다.

"명의 이전이 끝난 겁니다. 이제 이 호텔은 당신 것입니다."

"이, 이곳을 저에게 주신다고요? 그레이스 호텔은 산티아고에서 제일 큰 건물로 알고 있는데……."

"돈으로는 보답할 수 없어서 준비한 겁니다. 더럽다 생각하지 마시고 받아주십시오."

"더, 더럽다니요? 그런……."

"아무튼 받아주시는 것으로 알겠습니다."

순식간에 벌어진 일이라 받기는 했지만 기분이 나쁘지는 않았다.

그는 청림에게 오늘 이곳에서 묵을 것을 제안했다.

"호텔을 받았으니 한번 묵어볼까?"

"좋지요."

태하와 청림이 이곳에서 묵는다고 얘기하자, 옆에서 대기하고 있던 총지배인이 두 사람을 안내하였다.

"VIP를 위한 방이 마련되어 있습니다. 스위트룸으로 올라가시지요."

"고맙습니다."

"아니요, 저야말로 국빈을 모시게 되어서 영광입니다. 최선을 다해 모시겠습니다."

두 사람은 총지배인을 따라서 스위트룸으로 향했다.

*　　　*　　　*

그레이스 호텔 스위트룸은 대략 150평으로 이뤄져 있는데, 이곳에는 최고급 사우나와 수영장, 헬스장, 펍, 바, 식당, 각종 오락 시설이 두루 갖추어져 있었다.

이곳을 남미의 플라자 호텔이라고 부르는 이유도 모두 화려한 객실의 수준 때문이었다.

태하와 청림은 칠레의 전경이 그대로 내려다보이는 수영장에 앉아 와인을 마시고 있었다.

"분위기가 좋네요."

"그러게 말이야."

호텔에서 제공한 수영복은 청림의 육감적인 몸매가 고스란히 드러나 상당히 섹시한 느낌을 자아냈다.

태하는 술을 마시면서도 그녀의 가슴으로 눈길이 갔지만, 그것을 애써 억누른 채 대화를 이어나갔다.

"그나저나 이제 슬슬 미끼를 물 때가 되었는데 말이지."

"장천일이라는 놈 말인가요?"

"성질이 느긋한 것인지, 아니면 겁을 먹은 건가?"

"오라버니가 생각보다 더 큰 거물이 되어가는 것 같아서 부담이 되는 것은 아닐까요?"

"내가 거물인가?"

"국빈에 명예국회의원 대접까지 받는데 당연히 거물이죠. 지금 언론사에선 오리버니를 취재하고 싶어서 난리가 났다고요."

"으음, 그런가?"

두 사람이 느긋하게 대화를 나누고 있는데 별안간 초인종이 울린다.

딩동!

태하는 수영장에 있는 인터폰을 받았다.

"누구십니까?"

─룸서비스입니다.

"으음, 그런 것은 시킨 적이 없는데요?"

─총지배인님이 지시하셨습니다.

"그래요. 알겠습니다."

태하가 룸서비스를 받으러 나가는 동안, 청림은 백룡을 물에 풀어놓고 녀석과 함께 물장난을 쳤다.

촤락!

"으음, 너도 수영을 좀 하는구나? 나도 원래는 수영을 잘해."

─꾸우?

그녀가 한창 물장난을 치고 있는 사이, 뻥 뚫린 수영장의 천장에서 검은색 신형이 쑤욱 떨어져 내렸다.

팟!

순간, 그림자의 날카로운 비수가 그녀의 목덜미를 향했다.

스릉!

하지만 바로 그때, 백룡이 사납게 날아올라 사내의 목을 물어뜯어 버렸다.

크르르르릉!

뚜두둑!

"으허억!"

"내 친구가 원래 좀 사나워요. 그러니 조심했어야죠."

목에서 분수처럼 피를 쏟아내던 그가 주머니에서 스위치를 하나 꺼내 눌렀다.

딸깍!

그러자 하늘에서 50명이 넘는 암살자가 떨어져 내렸다.

바바바밧!

청림은 실소를 흘렸다.

"많이도 데리고 왔네. 이곳에 왔으니 다 죽을 수 있다는 것쯤은 알고 계시죠?"

"…말이 많군. 쳐라!"

챙!

검을 뽑아 든 암살자들이 득달같이 덤벼들었다.

청림은 수영복 위에 가운을 두른 후 맨주먹으로 그들을 상대하기 시작했다.

쉬이이이익!

"백명장!"

콰앙!

현경의 경지에 이른 그녀의 주먹이 스치자마자 암살자 다섯 명이 한 방에 나가떨어졌다.

"크허어억!"

"뭐, 뭐야?! 그냥 놈의 애인이라고 하지 않았나?!"

"그, 그렇습니다!"

"젠장! 집에서 뜨개질이나 한다던 년이 뭐 이렇게 강해?!"

청림은 곧이어 다시 한 번 장을 뻗었다.

"뜨개질이나 하는 년이 무공을 쓰면 안 되나?"

"이, 이런?!"

"백룡일격장!"

쉬이이이익!

콰앙!

그녀의 백색 진기가 날아가 열 명의 암살자들 복부에 나누어 꽂혔다.

퍼버버버벅!

그러자 열 명이 피를 뿜으며 죽어나갔다.

"꼬르르륵……."

"괴, 괴물?!"

"쯧, 이렇게 약해 빠져서 무슨 무공을 쓴다고 그래? 이래서 남자라고 큰소리치고 다닐 수 있겠어?"

"닥쳐라, 이 괴물 같은 년아!"

"알겠어. 닥칠게. 하지만 그냥 조용히 있지는 못하겠다, 이 약골아."

잠시 후, 백룡이 대략 5미터의 크기로 변화하여 공중을 부유하며 공격 준비를 하였다.

크르르르룽!

"모, 몬스터?!"

"내 친구야. 어때? 좀 무섭지?"

"상상조차 못 한 일이 막 벌어지는군."

"대장님, 그냥 후퇴하는 것이 좋겠습니다! 저놈, 아무래도 보통 몬스터가 아닌 것 같습니다!"

츠츠츠츠츠!

백룡의 몸에선 오색 빛의 뇌전이 피어올랐고, 그 뇌전은 오로지 적들을 튀겨 죽이기 위해 뿜어져 나오고 있었다.

암살자들은 이만 피신해야겠다고 생각했다.

"가자! 안 되겠다!"

"예, 대장님! 후퇴하라!"

"으음, 그렇게는 안 될 걸요? 우리 백룡이 화가 많이 난 것 같거든요."

크르르르룽, 크아아아앙!

꽈지지지지직!

백룡의 입에서 뿜어져 나온 뇌전이 30명의 암살자를 한 번에 지져 버렸다.

"크허어어억!"

"제, 젠장! 너무 강하다!"

"도망쳐! 죽은 놈들은 어쩔 수 없다! 최대한 빨리 도망가는 거다!"

암살자들이 현장을 빠져나가려는데 공중에서 태하의 일격이 떨어져 내렸다.

"유성일격!"

슈웅!

콰앙!

"크아아아악!"

"이, 이 새끼는 또 뭐야?!"

"뭐긴 뭐야? 이 호텔의 주인이지! 네놈들, 이 호텔을 부순 값은 제대로 치러야 할 것이다!"

"제기랄!"

이제 남은 자객은 총 두 명. 더 이상 반항하거나 도망치는 것은 불가능해졌다.

태하는 대장이라 불리는 놈의 목덜미를 손으로 움켜쥐었다.

턱!

"쿨럭쿨럭!"

"네놈들, 어디서 온 놈들이냐?"

"나, 나는……."

"고통스럽게 죽고 싶지 않다면 그냥 사실대로 말하는 것이 신상에 좋을 것이다."

"…그냥 죽여라!"

"으음, 그건 안 되지."

태하가 백룡을 바라보며 말했다.

"이놈에게 지옥을 경험시켜 줘."

크르르르릉!

아주 작은 애벌레 크기로 줄어든 백룡이 자객의 콧구멍 속으로 들어갔다.

쑤욱!

"허, 허어어어억!"

"자, 이제부터 내가 셋을 세겠다. 만약 그 안에 제대로 말하지 않으면 뇌가 전기에 녹아 서서히 죽어갈 것이다. 너는 뇌가 죽어가는 느낌을 고스란히 받으면서 요단강 건널 준비를 하는 거지."

"사, 살려……."

"하나."

"사, 살려줘!"

"둘."

암살대의 대장은 눈을 질끈 감았다.

"노스트룩스에서 왔다!"

"아아, 그 암살자 집단 말이야?"

"그렇다."

"누구의 지시냐?"

"우리는 상관의 얼굴을 모른다. 다만 누구의 의뢰인지는 안다."

"그게 누구지?"

"장천일……."

태하는 미소를 지었다.

"후후, 장천일. 원수가 아주 제 발로 기어들어 와서 죽여달라고 들이대는군."

"사, 살려……."

"그래, 살려줄 것이다. 하지만 그냥은 못 보내주겠다. 그놈을 잡을 미끼가 되어줘. 살려줘도 그 이후에 살려주겠다."

"…알겠다."

그는 남은 암살자에게 물었다.

"네놈, 살고 싶나?"

"무, 물론……."

"그렇다면 합세해라. 그렇지 않으면 처참하게 죽어갈 것이다."

"아, 알겠다."

이제 태하는 그토록 궁금해하던 장천일이라는 놈의 얼굴을 보기로 했다.

*　　　　*　　　　*

늦은 밤, 그레이스 호텔 지하 주차장에 무전기를 손에 쥔 장천일이 암살대의 신호를 기다리고 있다.

납치에 성공하여 청림을 데리고 탈출하면 그녀를 데리고

중국으로 갈 생각이었던 것이다.

그는 시계를 바라보았다.

"벌써 20분이 넘게 지났는데 왜 안 내려오는 거지?"

노스트룩스의 암살단은 전 세계의 모든 자객 집단을 통틀어 최고라고 일컬어지는 집단이다.

그런 그들이 실패할 확률은 거의 제로에 가까웠다.

하지만 그가 간과한 것이 있었으니, 태하쯤 되는 괴물은 보통의 칼질로는 어쩔 도리가 없다는 것이다.

장천일이 느긋하게 앉아 자객단을 기다리고 있는데 불현듯 무전이 날아들었다.

ㅡ치익, 여기는 암살대!

"오오, 성공했나?"

ㅡ물건을 확보했다. 지금 당장 약속 장소로 나올 수 있도록.

"알겠다."

단 한 방에 성공할 것이라곤 생각지 못했지만 노스트룩스가 거짓말을 할 일은 절대로 없었다.

"후후, 오늘 아주 제대로 한 건 올리겠는데?"

기분이 좋아진 그는 자동차를 몰아 약속된 장소로 향했다.

부르르르르릉!

그런데 이상하게도 차가 잘 나가지 않는 것 같았다.

탈탈탈!

"어라? 차가 왜 이래?"

혹시나 하는 마음에 사이드브레이크도 당겨보고 기어도 바꾸어보았지만 차는 여전히 그대로였다.

"뭐야? 뭐가 어떻게 된 것이지?"

그가 연신 고개를 갸웃거리고 있는 바로 그때, 차량의 뚜껑이 날아가 버렸다.

끼이이이익, 콰앙!

"허, 허억!"

"이놈, 잡았다."

"세, 세상에!"

태하는 그의 어깨를 주먹으로 거칠게 내려쳤다.

퍽!

뚜두두두둑!

"끄아아아아악!"

"이런, 너무 세게 친 모양이군. 복합 골절이 생겨 버렸어. 이대로라면 평생 어깨를 쓸 수 없겠는데?"

"씨발! 이런 씨발!"

"으음, 피차 교양 있는 사람들끼리 욕은 하지 말자고."

잠시 후, 공중에서 청림이 뚝 떨어져 내려 보닛을 박살 내버렸다.

쿠웅!

"웁스, 미안요."

"허억! 이런 괴물 같은…?!"

청림은 한심하다는 듯이 그를 바라보았다.

"이봐요, 아저씨. 생각을 좀 해봐요. 오우거 무리를 그렇게 손쉽게 해치운 사람이 겨우 암살단 50명에게 당할 것 같아요? 혹시 바보 아니에요?"

"…밖에는 더 많은 노스트룩스의 암살자들이 대기하고 있다! 네놈들은 이곳을 나가는 순간 죽을 것이다!"

"후후, 내가 죽는지 안 죽는지는 한번 지켜보자고."

태하는 그의 나머지 어깨에 주먹을 때려 넣었다.

퍼억!

"끄아아아아악!"

"자, 이제 한번 말해봐. 김명화 자객을 죽인 멤버들에 대해서 말해."

"…그딴 것은 나도 모른다."

"그럼 노스트룩스의 수장이라는 여자는 어디에 있지?"

"모른다! 죽이려거든 빨리 죽여라!"

"네 살갗을 벗겨 소금에 절여서 천천히 죽일 건데? 난 네놈을 그냥 죽일 생각이 애초에 없었어."

"젠장!"

태하는 장천일에게 제안을 하나 했다.

"어차피 네놈이 아무리 발버둥 쳐봐야 나를 이길 수 없다. 여차하면 이곳으로 와이번 무리를 이끌고 와서 파티를 벌일 수도 있거든."

"……"

"그러니 내가 제안을 하나 하지. 판은 바뀌지 않으니 네가 조금이라도 보상을 받을 수 있도록 해주겠어."

"……?"

"네놈의 도박 빚을 내가 다 갚아주겠다. 그리고 그레이스 호텔 카지노를 마음대로 드나들 수 있도록 프리패스 카드를 지급하겠다. 어때? 이 정도 조건이면 나쁜 것 같지 않은데."

"프, 프리패스?"

"알아보니 네놈은 세계의 모든 호텔 카지노로부터 출입 정지를 먹었더군. 빚은 졌는데 갚지도 않고 무인이라고 안하무인 주먹만 휘두르니 당연히 출입 정지를 먹을 수밖에."

"제기랄, 그런 것까지 조사했나?"

"사실 조사랄 것도 없었어. 네가 워낙 개새끼로 유명해서 말이야."

"…끄응."

"선택해. 입 한 번 잘 놀리면 평생 돈 걱정 없이 도박을 즐길 수 있다. 만약 그게 아니라면 죽을 때까지 인간 젓갈이 되어보던지."

그는 더 이상 도망칠 곳이 없다는 것을 인지하였다.

"조건은 그게 다인가?"

"네가 입만 열면 나는 얼마든지 줄 수 있어. 돈? 그런 것은 이제 나에게 큰 의미가 없거든."

"후우……."

장천일이 결심했다는 듯이 입을 열었다.

"어차피 사라진 놈들의 명단은 필요가 없겠지?"

"당연하지."

"내 핸드폰 안에 놈들의 신상 명세가 들어 있다. 내가 혹시 몰라서 보험을 좀 들어놨는데, 그게 아마 도움이 될 거다."

태하는 그의 핸드폰에 내장되어 있는 저장 장치에서 암살 자들의 명단을 확보하였다.

그는 고개를 푹 숙였다.

"휴우, 잘하는 것인지 모르겠군."

"그거야 내가 마음먹기에 따라 달린 일이고."

어차피 장천일을 살려둘 마음은 없었지만 아직 정보가 남아 있으니 일단은 살려주기로 하는 태하다.

"자, 그럼 이제 그 여자에 대해서 설명해 볼까?"

"그녀는 영국의……."

그가 입을 열려는 바로 그때 전방에서 섬광이 번쩍였다.

째애애애애앵!

"으윽!"

태하와 청림이 눈이 부셔 반사적으로 고개를 돌렸을 때, 전광석화같이 창이 날아와 장천일의 머리를 관통하였다.

쐐에에에엥!

퍼억!

"이, 이런 빌어먹을!"

태하는 죽어버린 장천일을 놓아두고 전방으로 보법을 전개하였다.

쉬이이이익!

그는 경공술을 이용하여 도망치고 있는 복면인에게 탄지공을 쏘아 보냈다.

"이번에는 절대로 놓치지 않겠다!"

피융!

제아무리 대단한 무인이라고 해도 태하의 탄지공을 피해낼 수 있는 사람은 없다.

퍼억!

"으윽!"

촤락!

탄지공이 어깨를 스치면서 복면인의 신형이 살짝 흐트러졌다.

하지만 그는 멈추지 않고 수많은 인파가 운집해 있는 번화가로 숨어들었다.

"젠장, 작정하고 이곳으로 도망친 것이로군."

사람이 이렇게 많으면 천하의 자연경의 고수라도 어쩔 도리가 없다.

이번 추격도 실패했다고 느끼고 있는 찰나, 태하를 뒤따라오던 백룡이 작은 펜던트를 물어왔다.

─꾸우!

"이게 뭐야?"

피가 덕지덕지 묻은 것을 보니 그녀가 몸에 착용하고 있던 물건인 것 같다.

태하는 펜던트를 열어보았다.

철컥!

펜던트 안에는 아리따운 여인과 어린아이가 함께 서 있었다.

"머리가 금색이네."

태하가 펜던트를 구경하고 있는데, 목걸이 아래에서 뭔가 덜컹거리는 것이 느껴졌다.

그는 목걸이 아래를 손가락으로 눌러보았다.

딸깍.

손가락과 함께 안으로 살짝 들어갔던 홈이 다시 나오면서

USB 하나가 모습을 드러냈다.

"오호라, 이런 것을 목걸이에 지니고 있었어? 뜻밖의 수확이군."

비록 그녀를 잡지는 못했지만 꽤 대단한 물건을 손에 넣은 태하였다.

제7장

비밀

칠레 그레이스 호텔 스위트룸으로 천하랑과 위시현이 태하를 만나기 위해 도착해 있다.

천하랑 일행은 태하가 건진 USB가 결정적인 역할을 했다며 만족해했다.

"당문과 노스트룩스, 이 두 곳이 웨스턴 햄스와 결탁이 되어 있다는 것이 밝혀진 마당에 그 수장이 장부까지 관리한다는 것은 청야성과 웨스턴 햄스가 연결되었다는 것까지 증명한 셈입니다."

"아마도 그녀는 이 장부를 잃어버리고 식겁했을 걸세. 그렇지 않나?"

"맞습니다. 아주 심장이 덜컹 내려앉았겠죠."

이제 초점은 웨스턴 햄스로 모아졌다.

"츠바사에게 연락해 두었네. 태하 자네가 의사로 위장해서 그곳으로 가줄 수 있겠나?"

"제가 직접 말입니까?"

"어차피 자네 진짜 신분은 의사가 아닌가? 본래의 신분을 유지하자면 의사로서 이중생활을 하는 것도 나쁘지는 않아."

"으음, 그건 그렇지요."

"신분은 많으면 많을수록 우리에게 유리한 법이지. 그러니 자네가 조금 고생을 해주시게."

"고생이랄 것이 뭐 있겠습니까? 원래 하던 일을 하는 것뿐 인데요."

"그래, 그렇게 생각해 준다니 다행이로군."

츠바사는 지금 사라진 강화수의 두 친구를 찾는 데 전력을 다하고 있기 때문에 태하를 직접 마주할 시간은 없었다. 그래서 그를 병원에 잠입시키는 데 하오문의 힘을 이용하는 도움을 주었다.

"아마 며칠 내로 신분증이 완성되어 나올 거야. 그때까지 한국에서 출발 준비를 하고 있게나."

"잘 알겠습니다. 그리하지요."

이제 조가괴협은 이곳에서 할 일을 다했기 때문에 가끔씩 방문해서 몬스터의 생태계만 조율해 주면 된다.

태하는 이곳을 떠나기 전에 천하랑에게 살생부를 넘겼다.

"장로님, 그리고 제가 아버지를 살해한 사람들의 명단을 확보했습니다."

"잘했군! 일이 잘 풀리고 있어!"

"일단 이것을 장로님께 드릴 테니 이 사람들의 뒤를 좀 쫓아주십시오. 반지의 행방을 알아낼 수도 있을 것 같습니다."

"그리하겠네. 안 그래도 전민우, 박미현 이 두 사람을 추격하고 있네. 내가 직접 손을 써서 그들을 붙잡아 사살 확인을 하겠네. 그러니 이 일은 걱정하지 말게나."

살생부에는 전민우와 박미현의 이름도 나와 있었는데, 그 밖에 다른 범죄자들의 이름도 꽤 눈에 익었다.

"아무튼 병원 생활에서 힘든 일이 생기면 곧장 얘기하시게. 미력하나마 도움을 주겠네."

"감사합니다, 장로님."

이제 일행은 다시 한 번 흩어져 각자의 임무를 수행하기 위해 길을 떠났다.

* * *

서울 이태원의 한 술집에 태하와 두 명의 미녀가 마주 앉아 있다.

최미나와 이현희는 한 팀으로 일하던 태하가 다시 돌아왔다는 소식을 듣곤 곧장 그를 찾아왔다.

한국에서 출발 준비를 하면서 잠깐의 시간을 갖게 된 태하는 그녀들과의 술자리를 마련한 것이다.

그녀들은 가득 찬 맥주잔을 들며 외쳤다.

"건배!"

"건배!"

태하는 오랜만에 만난 그녀들에게 안부를 물었다.

"잘 지냈죠?"

"물론이죠. 그나저나 선생님은 도대체 어떻게 된 거예요? 실종이라니, 처음엔 믿을 수 없어서 부정했어요."

"하하, 한국에서 나를 기다리는 사람도 있었다니 세상 헛산 것은 아닌 모양이네요."

"갑자기 연락도 안 되고, 병원에도 안 나오고, 우리가 얼마나 걱정했다고요."

그녀들은 현재 대한병원에서 나와 각자 자신의 길을 걸어가고 있었다.

최미나는 인천의 작은 외과에서 일하고 있었고, 이현희는 부산의 정형외과에서 일하는 중이었다.

워낙 수술 경력이 많아서 데려가겠다는 종합병원은 많았지만 자꾸 태하의 생각이 머리를 맴돌아서 쉽사리 스카우트에 응하지 못한 것이다.

그녀들은 앞으로의 태하의 거취에 대해 물었다.

"그나저나 이제 선생님은 어떻게 하실 건가요?"

"의사로서 말입니까?"

"선생님이 돌아왔다는 소식이 들리자마자 병원들이 촉각을 곤두세우고 있다던데요? 요즘 실력 좋은 써전 구하기가 쉽지 않잖아요."

"안 그래도 자리를 구하긴 했어요. 그런데 오래 있을 게 아니라서 직장이라 부르긴 좀 그렇군요."

"정말요? 그럼 같이 가요!"

지금 그녀들 역시 그동안 쌓아온 커리어를 바탕으로 충분히 좋은 대우를 받을 수 있지만 흩어진 팀에 대한 그리움이 있었다.

"저희들은 선생님이 가시면 갑니다."

"역시 두 사람의 의리는 알아줘야 한다니까."

"농담이 아니고 지금 다니는 병원을 정리하고 선생님께 갈 준비가 되어 있어요."

태하의 본업은 의사다. 그리고 앞으로 자신이 원하는 바를 이루고 나면 장주원과의 비전이던 병원을 개업할 것이다.

안 그래도 태하는 언젠가 두 사람을 데리고 병원을 차릴 생각을 가지고 있었다.

다만 지금은 상황이 조금 좋지 않다는 것이 문제였다.

"하지만 지금 당장 뭉치기엔 여건이 좋지 않아요."

"사정이 있으시군요."

"사실……."

태하는 자신이 가업을 물려받아 회장이 된 것을 고백하였다. 그리고 당분간은 신분을 숨기고 부모님의 복수를 해야 한다는 등의 사정을 모두 말해주었다.

그녀들은 자못 진지한 얼굴로 말했다.

"흠, 그렇다면 지금 당장 거취를 결정하기란 쉽지 않겠군요."

"그건 그렇지요."

"어머나! 그럼 이젠 선생님이 아니라 회장님이라 불러야 하는 건가요?!"

"살다 보니 별일이 다 있네. 정말 사업가로 쭉 나아가실 거예요?"

"아니요. 그렇지는 않습니다. 나중에 병원을 개업할 겁니다. 반드시."

그는 이 두 사람을 이끌고 준비할 수 있는 대안을 마련해 두었다.

"그래서 말인데, 지금 우리 그룹에서 후원하는 병원이 있어요. 일본에 있기는 하지만, 만약 두 사람만 괜찮다면 그곳에서 일을 해보는 것은 어때요? 굳이 내가 압력을 넣지 않아도 연봉은 꽤 높은 수준으로 책정될 겁니다."

"일본이요?"

"타향살이가 힘드시다면 당분간 한국에 계시고요."

두 사람은 고개를 저었다.

"어차피 둘 다 고향이 시골이라서 고향으로 돌아가지 못하는 것은 마찬가지예요. 일본이라면 비행기로 한두 시간이면 가는 거리인데 못 갈 이유가 없죠."

"어머! 그럼 태하 선생님 덕분에 일본 물 좀 먹어보는 건가요? 신나라!"

차분하게 태하를 받아들이는 최미나와 기뻐서 설레발을 치는 이현희를 보니 어쩐지 마음이 든든해진다.

"그럼 내일 공문을 보낼 테니 준비해 두세요. 상대방 병원에는 병원 측에서 통보가 갈 겁니다. 한 보름이면 인수인계가 끝나겠죠?"

"일주일이면 충분하지 않을까요?"

"좋습니다. 그럼 그렇게 알고 준비해 둘게요."

드디어 세 사람이 다시 함께할 수 있는 기반이 만들어졌다.

*　　　　*　　　　*

며칠 후, 태하에게 웨스턴 햄스의 신분증이 도착하였다.

영국 웨스턴 햄스 종합병원 제1외과 전문의: 김태하

그는 빙그레 미소를 지었다.

"오랜만이네. 이런 신분증이라니."

한 번의 실종으로 인해 펠로우 생활이 마감된 것으로 처리된 태하이기 때문에 이제는 자유롭게 이직이 가능했다.

그 때문에 웨스턴 햄스 종합병원에서 일을 할 수 있는 자격이 주어진 것이다.

태하는 다시 병원으로 돌아간다는 생각을 하니 묘한 기분이 들었다.

"이건 마치……"

병원에서 울고불고 버티며 진짜 의사가 되겠다고 다짐한 태하이기에 그 감회가 새로울 수밖에 없었다.

태하를 따라서 영국으로 오게 된 청림은 동물용 케이지에 백룡을 집어넣어 여정에 동참하고 있었다.

"의사 생활을 하시게 되면 저는 어떻게 되는 건가요?"

"아마 내 숙소에서 함께 지내면서 생활하게 되겠지."

"허선선이라는 이름으로요?"

"공식적으로는 내 약혼녀라고 해둘게. 서류에도 그렇게 되어 있고."

"그쪽에서 약혼녀도 신경을 쓰나요?"

"전문의가 타지에서 생활하니까 나름 배려하는 것이지."

화랑회주가 자신을 치료해 준 사람이 김태하라는 사실을 밝히면서 그동안 묻혀 있던 태하의 실적들이 빛을 발하게 되었다.

그 덕에 지금 태하가 한국에 들어가면 병원에서 서로 데려가겠다고 난리를 치고 있는 상황이다.

그러니 웨스턴 햄스 종합병원에서도 기대가 클 수밖에 없었다.

"아무튼 연봉도 좋고 대우도 좋고, 만약 내가 진짜 의사 생활을 원했다면 기뻐서 날뛸 정도인데?"

"으음, 그렇군요."

태하가 대한병원에서 펠로우 생활을 할 때만 해도 박봉에 밤샘 수술로 몸을 혹사시키면서 살아왔다.

대학교수 배지 한번 달아보겠다고 미친 듯이 돈도 안 받고 일만 죽어라 해온 것이다.

그런 그가 수억대 연봉에 집, 차, 품위 유지비까지 주는 종합병원에서 일한다는 것은 상상도 못 한 일이다.

태하는 이 모든 것이 현영태의 덕이라는 것을 아주 잘 알고 있었다.

"인연이 좋기는 좋군."

화랑회주는 태하에 대해서 알아보다가 그가 교수 밑에서 착취당하고 있었다는 사실을 알아채곤 임태성을 정직시키고 교수직에서 끌어내려 버렸다.

아무리 교수라고 해도 부하의 공을 가로채 살아간다는 것을 도저히 용납할 수가 없었던 것이다.

대한병원은 화랑회의 후원을 받고 있는 데다 지하 세력 무인들의 입김이 워낙 강력했기 때문에 임태성은 결국 좌천되고 말았다.

아마 태하가 계속해서 대한병원에 남아 있었다면 그가 교수의 자리로 올라갔을지도 모른다.

일이야 어찌 되었든 간에 이젠 당분간 의사로서의 꿈을 접은 태하는 부모님의 뒤를 따라갈 생각이다.

*   *   *

다음 날, 태하는 히드로 국제공항을 통하여 영국에 도착하였다.

청림과 함께 입국 게이트를 지나자 저 멀리 미리 마중을 나온 여자가 푯말을 들고 서 있다.

태하는 그녀에게 다가갔다.

"웨스턴 햄스 병원에서 나오셨습니까?"

"닥터 킴이신가요?"

"예, 제가 김태하입니다."

"만나 뵙게 되어서 영광입니다. 웨스턴 햄스 원무과장 오필리아 사우드웨이입니다."

그녀는 청림을 바라보며 살짝 고개를 숙였다.

"이쪽이 닥터의 피앙세가 되시겠군요?"

"허선선이라고 해요."

"반가워요. 앞으로 약혼자께서 병원을 다니게 되면 저와도 자주 보게 되겠군요. 여러 가지로 내조해야 할 일이 많거든요."

"각오하고 있어요."

오필리아는 청림의 짐을 받아 들었다.

"짐은 이쪽으로 주시고 저를 따라오시지요."

"고맙습니다."

두 사람은 자연스러운 연기를 위해 손을 잡았다.

이렇게 손을 맞잡으니 기분이 좀 묘해지긴 했지만 연기에 허점은 노출하지 않았다.

잠시 후, 오필리아가 세워둔 고급 승용차가 모습을 드러냈다.

그녀는 트렁크에 짐을 넣어두고 두 사람을 좌석으로 안내하였다.

"타십시오. 숙소까지 모셔다 드리겠습니다. 오늘은 일단 숙소에서 쉬고 내일 병원으로 나오셔서 천천히 팀원들을 만나보시지요."

"잘 알겠습니다."

두 사람은 오필리아가 운전하는 차를 타고 영국 시가지까지 이동하였다.

부르르르르릉!

두 사람이 손을 잡고 서로의 얼굴만 바라보고 있는데 오필리아가 정적을 깨버렸다.

"그나저나 그 케이지 안에는 무엇이 들어 있나요?"

"애완용 족제비가 들어 있습니다."

"족제비요? 패럿을 말씀하시는 건가요?"

"그것과는 조금 다릅니다. 나중에 기회가 된다면 보여드리겠습니다."

"기대하고 있을게요. 저도 동물을 참 좋아하거든요."

아마 백룡이 몬스터라는 사실을 알게 되면 까무러칠 수도 있겠지만 크기가 작아진 백룡은 그런대로 봐줄 만한 모습이다.

그저 이놈의 실체에 대해서 아는 사람이 나오지 않기만을 바라고 있는 태하이다.

*　　　　*　　　　*

그날 저녁, 태하와 청림은 런던 한복판에 있는 고급 아파트에 도착하였다.

"이미 주소 이전과 등기 이전 등이 끝나서 이곳에서 계속 생활하실 수 있도록 해두었습니다. 그러니 짐만 풀고 주무시면 될 겁니다."

"고맙습니다."

"아직 식사를 안 하셨다면 함께 식사라도 하시지요. 그곳의 고기가 꽤 괜찮습니다. 칵테일도 좋고요."

그녀의 제안에 태하는 일단 고사하고 보았다.

"아닙니다. 나중에 제가 식사를 대접하겠습니다. 공항에서 이곳까지 데려다 주셨는데 뭐라도 대접하는 것이 맞지요. 다만 제가 오늘은 첫날이라 경황이 없으니 나중에 다시 자리를 마련하시지요."

오필리아는 손사래를 쳤다.

"아니, 그런 뜻이 아닙니다. 제가 대접을 하는 것이 아니고 오늘은 과장님께서 몇몇 지인을 초대해서 저녁을 먹고 싶다고 하셨거든요. 병원 차원에서 갖는 작은 파티이니 참석하시면 좋지 않을까요? 이렇게 된 김에 얼굴도 미리 익히고요."

태하는 그녀의 얼굴을 바라보았고, 청림은 살며시 고개를 끄덕였다.

"좋습니다. 그럼 제 약혼녀와 함께 옷만 갈아입고 곧바로 나가겠습니다."

"그러시죠."

두 사람은 한 방에 들어가 짐을 풀고 새로운 옷을 꺼냈다.

청림은 거침없이 옷고름을 풀어냈는데, 태하는 화들짝 놀라서 자신도 모르게 소리를 지를 뻔했다.

"다, 달릴 것은 달려 있네?"

"……?"

애초에 청림이 신수라고만 생각했지 그녀가 사람의 신체 구조와 똑같을 것이라곤 전혀 상상하지 못한 태하이다.

덕분에 놀란 태하에게 그녀가 웃으며 말했다.

"후후, 왜요? 제가 인어공주처럼 비늘이라도 달려 있을 것 같았나요?"

"아니, 그런 것은 아니지만……."

"신수이긴 하지만 저도 사람이랍니다. 일반적인 여성과 다를 바가 없어요. 생식기도 있고 자궁도 있죠."

"…그, 그렇구나."

"아무튼 이번 기회에 알았으니 됐네요. 가실까요?"

태하는 조금 얼떨떨한 기분으로 방을 나섰다.

*   *   *

런던 캠브리지의 야경이 고스란히 내려다보이는 스카이라운지에 들어선 태하와 청림은 제1외과과장 리처드 스터너와 마주하게 되었다.

"반갑네. 과장 리처드 스터너라고 하네."

"김태하입니다."

두 손을 맞잡은 리처드는 청림을 바라보며 칭찬을 쏟아냈다.

"피앙세가 계시다고 하더니 이렇게 미인인 줄은 미처 몰랐네."

"과찬이십니다."

"성함이?"

"허선선입니다."

"그래요, 미스 허. 앞으로 잘 부탁합니다. 병원을 오가다 보면 마주치는 일이 꽤 많을 겁니다."

"저야말로 잘 부탁드립니다. 저희 태하 씨도 잘 부탁드리고요."

"여부가 있겠습니까?"

두 사람이 인사를 나누고 있는 동안 화장실을 갔던 리처드의 부인과 병원 동료들이 돌아왔다.

"이분이 바로 그 인기스타 김태하 선생인가요?"

"인기스타라니요, 그냥 재주 몇 번 부린 것뿐인데 다들 호들갑 떤 겁니다."

"호들갑인지 아닌지는 병원에 가보면 자연스레 알게 되겠지요."

잠시 후, 식당 문이 열리면서 붉은색의 매혹적인 드레스를 입은 여인이 들어왔다.

일행은 그녀가 들어오자마자 깊이 고개를 숙였다.

"이사장님 오셨습니까?"

"이사장?"

태하가 고개를 갸웃거리자 리처드가 먼저 소개했다.

"이분께선 우리 병원의 이사장님이시네. 자네가 이 자리에 나온다는 소식을 듣고 한달음에 달려오셨지."

"반가워요. 레지나 웨스턴 햄스라고 해요."

"김태하입니다. 만나 뵙게 되어 영광입니다."

"아니요, 제가 더 영광이죠."

그녀는 모두 자리에 앉도록 했다.

"다들 앉으시죠."

"예, 이사장님."

레지나는 태하에게 계약 조건과 기타 복리 후생에 대한 불만은 없는지 물었다.

"어떤가요? 대우는 마음에 드시나요?"

"이 정도면 융숭한 대접이라고 생각합니다."

"다행이군요. 저희들은 닥터 킴께서 조건이 마음에 들지 않아서 돌아가면 어쩌나 하고 걱정했거든요."

"아닙니다. 펠로우 생활을 하면서 미친 듯이 일만 했을 때도 있었는데 이 정도면 황송하지요."

그녀는 뇌쇄적인 매력을 가진 미녀로, 웃음 한 번에 남자들의 가슴이 녹아버릴 정도로 매혹적이었다.

레지나는 그런 미소를 지으며 말했다.

"닥터 킴은 충분한 실력을 가졌습니다. 그 실력이 스승을 잘못 만나서 빛을 발하지 못하고 있었을 뿐이죠. 이제는 그 암흑기를 지나 양지로 나오셨으니 그만한 대우를 받을 자격이 있다고 생각합니다."

"과찬이십니다."

"아닙니다. 듣자 하니 동북아시아에서도 닥터를 데리고 가려고 난리도 아니라면서요? 저희들이 닥터 킴을 발견한 것은 천운입니다. 앞으로 기대가 커요."

"열심히 하겠습니다."

그녀와의 인사가 끝나자마자 음식이 나왔다.

"저희 병원에서 대접하는 겁니다. 첫 식사라서 신경을 쓴다고 썼는데 어떨지 모르겠네요."

"감사히 잘 먹겠습니다."

영국 요리가 전 세계적으로 맛이 없다고 정평이 나 있지만 요리를 만드는 정성만큼은 다른 나라와 다르지 않을 것이다.

태하는 송아지 스테이크와 강낭콩을 함께 올리브 오일에 조린 송아지 구이를 맛보았다.

"으음, 좋은데요?"

"입맛에 맞으실지 모르겠네요."

"좋습니다. 원래 느끼한 것을 별로 안 좋아하는데 이 요리는 정말 좋군요."

"다행이네요. 한참 긴장했거든요."

그녀는 이제야 긴장이 풀리는지 와인 잔을 들어 건배를 제안했다.

"그럼 건배할까요? 새로 온 우리 닥터 킴을 위하여 건배!"

"건배!"

팅!

건배가 이어진 후, 그녀는 태하와 눈을 맞추며 웃었다.

"잘 부탁해요."

"잘 부탁드립니다."

저녁 식사는 화기애애한 분위기 속에 점점 무르익어 갔다.

     *   *   *

늦은 밤, 홍콩 침사추이의 한 허름한 식당에 맹인 한 명이 들어섰다.

탁, 탁, 탁.

그는 지팡이로 앞을 더듬으며 식당 문을 열었다.

드르르륵!

사내가 문을 열자 그 안에 있던 여인이 실소를 흘리며 말했다.

"부문주님, 맹인이 어떻게 그렇게 자연스럽게 문을 열어요?"

"…그런가?"

"쯧, 수련이 조금 더 필요하겠어요. 아니면 차라리 그냥 맹인이 아닌 정상인처럼 행동하는 것은 어때요?"

그는 고개를 가로저었다.

"맹인이 맹인답게 행동하는 것은 당연한 일이야. 나는 굳이 나를 부정하고 싶지 않아."

"역시 그 사부에 그 제자로군요."

츠바사가 하오문에 들어와 가장 먼저 한 것은 자신을 밑바닥까지 내려놓는 것이었다.

그는 어려서부터 유복하게 자라난 검객으로서의 프라이드

와 허영심이 가득했기 때문에 평생을 귀신처럼 살아야 하는 하오문에는 어울리지 않았다.

그래서 그의 사부 케인 노스먼드는 츠바사를 거리로 내몰고 하루가 멀다 하고 찾아가 두들겨 패버렸다.

팔다리가 부러지고 내장이 끊어질 뻔한 상처를 번번이 입고 난 후에야 그는 간신히 자신의 처지를 깨닫게 되었다.

그때부터 츠바사는 자신을 내려놓고 스스로를 맹인, 혹은 부랑자처럼 다루고 있던 것이다.

이제는 겉모습만 봐선 검을 익힌 사람이라고 전혀 보이지 않을 정도가 되었다.

"심안은 배웠지만 아직까지 나를 완전히 없애지 못했어. 나는 그림자, 떠돌이 귀신이야. 만약 지금 그렇지 못하다면 그렇게 될 때까지 수련해야지."

사실 하오문의 재산은 일반인이 상상조차 할 수 없을 정도로 거대하지만 츠바사는 그것에 대해 관심이 전혀 없었다.

그는 오로지 사부인 케인처럼 되기 위해 하루 종일 거리를 쏘다니고 노숙을 즐겼다.

그나마 오늘은 사촌형 태하를 만난다고 옷을 갈아입었지만, 이 또한 자존심을 부리는 것 같아서 앞으론 하지 않기로 했다.

케인은 평생을 맹인 바텐더로 지내면서 그림자처럼 살았지만, 츠바사에겐 어울리지 않았다.

그는 노숙, 방랑 등을 통하여 자신이 앞으로 어떤 사람이 되어야 하는지 조금씩 깨닫고 있을 뿐이었다.

홍콩 침사추이의 정보부장 서래는 츠바사에게 기타를 건넸다.

"차라리 거리에서 버스킹을 해봐요."

"버스킹?"

"거리의 악사로 살아가는 거죠. 그게 그냥 부랑자처럼 사는 것보다는 낫지 않겠어요?"

그는 고개를 저었다.

"싫어. 악기는 질색이거든."

"그럼 어떻게 살 건데요?"

츠바사는 자신을 극도의 어둠으로 밀어 넣겠다고 다짐했다.

"그림자가 되는 거야."

"그림자요?"

"앞으론 낮에 나를 볼 일이 없어질 거야. 만약 본다고 해도 어둠 속에서만 나를 볼 수 있겠지."

그녀는 한숨을 푹 내쉬었다.

"휴우, 새로 문주가 될 사람이라고 기대했더니 결국 어둠의 자식이 되겠다는 거잖아요?"

"사람은 저마다 어울리는 자리가 있어. 나는 사부처럼 술을 만들 재주도 없고 악기에도 소질이 없어. 그렇다고 동냥질만 해선 문주로서의 자질을 갖추기 힘들지."

"그래서 그림자처럼 살겠다고요?"

"왜? 문헌을 찾아보면 대대로 살수 생활을 한 하오문주가 꽤 많아."

"허 참……."

서래는 도대체 츠바사가 왜 저러나 싶어 답답하겠지만, 사실 지금 츠바사가 구상하는 자신의 미래는 하오문주로선 최고의 경지를 뜻하는 것이었다.

원래 하오문의 무공은 극도의 어둠을 가지고 있기 때문에 밤에 익숙한 사람이 유리했다.

이름하여 '암영공'이라 불리는 하오문의 검법과 권법, 심법은 밝은 성향을 가진 사람은 익힐 수가 없었다.

그래서 하오문주는 대대로 맹인이었고, 츠바사처럼 무공에 자질은 있으나 앞이 보이지 않는 단점이 있었다.

한마디로 하오문주들은 앞이 안 보이는 단점을 극대화시켜 오히려 장점으로 승화시킨 것이다.

특히나 츠바사는 무공에 대한 자질이 상당히 뛰어나고 그 성취가 높아서 조금만 가르쳐도 금방 따라잡는 수재였다.

천하랑은 츠바사가 암영공의 고수가 될 것임을 일찌감치 꿰

뚫고 있다가 후보자로 낙점한 것이다.

츠바사의 사부인 케인조차 그에게 말해주지 않았지만 그는 스스로 암영공에 최적화된 사람으로 거듭나고 있었다.

"아무튼 당분간 나를 찾지 마. 새로운 소식이 들어오면 그때 나를 부르라고."

"휴우, 알겠어요."

그녀는 츠바사가 떠나기 전에 쪽지 몇 장을 건넸다.

"말씀하신 반지의 행방에 대한 단서들이에요."

"고맙군. 직접 구한 것인가?"

"뭐, 그렇지요."

"역시… 이렇게 살뜰하게 나를 챙기는 사람은 서래뿐이야."

"챙기는 것이 아니라 안타까워서 그렇죠. 매일 길거리나 쏘다니는 사람이 문주랍시고 앉아 있는데 이런 것이라도 해줘야 하지 않겠어요?"

츠바사는 보일 듯 말 듯 눈썹을 떨었다.

"…나를 챙기는 일 말이지?"

"챙기긴 하는데 애정이 가지는 않네요."

"그래, 너와 나는 성향이 다른 사람이니까."

이윽고 츠바사는 사영보법을 밟아 그림자 속으로 녹아들었다.

스스스스스!

간다는 말도 없이 사라지는 츠바사를 보며 그녀가 외쳤다.

"부문부님, 식사는 하고 가셔야죠! 오신다고 해서 일껏 음식을 준비해 두었단 말이에요!"

그녀는 츠바사를 위해 상다리가 부러지게 차려놓았지만 그는 이제 그런 호사스러운 음식은 입에 맞지 않는 사람이 되었다.

그림자를 타고 사라진 그에게 서래가 읊조리듯 말했다.

"…당신도 결국엔 어둠에 미쳐서 살겠군요.. 문주님이 그랬던 것처럼 말이죠."

서래는 씁쓸한 얼굴로 차려놓은 상을 치우기 시작했다.

*   *   *

헝가리 머코에서 루마니아 아라드로 향하는 국경 지대에 버스 한 대가 멈추어 서 있다.

루마니아로 넘어가는 길목에서 오늘따라 어쩐 일인지 검문검색이 이뤄지고 있는 것이다.

경찰들은 경광봉을 들고 올라와 사람들을 자리에서 일으켰다.

"모두 자리에서 일어나 주십시오. 두 손을 들어서 머리 위로 올리고 시선을 전방으로 향해주십시오."

국경 지대를 통과하기 전에 미리 여권 검수를 마치고 버스에서 내릴 때 다시 한 번 여권을 검수하는 것이 보통이지만 오늘은 달랐다.

경찰들은 날이 바짝 선 얼굴로 여권을 확인하고 다녔다. 아무래도 뭔가 심각한 일이 벌어진 것이 틀림없었다.

전민우와 박미현은 긴장감이 가득한 표정으로 경찰들을 바라보았다.

"별일 없겠죠?"

"물론이지. 어차피 저들이 우리 여권을 확인한다고 해서 정체가 들통나지는 않아. 만약 들통난다고 해도 뭘 어쩌겠어? 맞아 죽기 싫으면 순순히 사라지는 수밖에 없을 텐데."

"으음, 그건 그렇군요."

잠시 후, 경찰들이 두 사람에게 다가와 말했다.

"여권을 좀 보여주시지요."

"네, 알겠습니다."

두 사람은 위조된 여권을 꺼내어 경찰들에게 내밀었다.

경찰은 여권과 얼굴을 대조해 보더니 의미심장한 표정으로 말했다.

"고향이 어디시죠?"

"보스니아요."

"그럼 루마니아에는 왜 오신 겁니까?"

"아내의 고향이 루마니아이기 때문입니다."

"흐음, 그래요?"

가만히 두 사람을 바라보던 경찰이 불현듯 기계를 하나 꺼내 들었다.

삐빅!

마치 PDA처럼 생긴 기계는 전원이 켜지면서 붉은색 레이저를 쏘아냈다.

"자, 이 빨간색 점을 좀 봐주세요."

"…이게 뭔데요?"

"수색의 일환입니다. 협조해 주시면 고맙겠습니다."

두 사람이 어쩔 수 없이 붉은 반점을 바라보니 기계가 아주 싱그러운 소리를 냈다.

스르룽, 딩동!

그러자 경찰이 약간 당황하는 모습을 보였다.

"어, 어어……."

"왜 그러시죠?"

"아닙니다. 잠시만 이곳에서 기다리세요."

경찰들은 자기들끼리 뭔가 아주 심각하게 상의한 후 다시 두 사람에게 다가왔다.

그들은 약간 우물쭈물하는 말투로 물었다.

"고향이 루마니아라고 했습니까?"

"네, 그렇습니다."

"으음, 그렇군요."

바로 그때, 경찰이 주머니에서 권총을 꺼내 들었다.

철컥!

"손들어! 움직이면 쏜다!"

"뭐, 뭡니까?"

"공개 수배자가 간도 크군. 이런 국경 지대를 관통하여 헝가리를 벗어날 생각을 하다니 말이야."

"…공개 수배자?"

"인터폴에서 너희 두 사람에게 공개 수배를 요청했어. 죄목은 살인 방조 및 비행기 폭파라는데?"

"비, 비행기 폭파라니! 그런 어처구니없는 소리가 도대체 어디에 있나?!"

"아무튼 서로 함께 갑시다. 간 이후에 다시 얘기하자고요."

"이 사람들이 정신이 나갔나?! 죄를 안 지었는데 무슨 경찰서를 가나? 이 세상에 이런 법도 다 있나?"

"…그냥 순순히 가시죠. 신분 위조까지 겹치면 아마 감옥에서 꽤 오래 살아야 할 겁니다."

"지금 나를 협박하는 겁니까?"

"아니요. 오히려 저는 당신을 생각해서 하는 말입니다. 지금 인정하면 형량이 줄어들 테니까요."

"아니, 그러니까 우리가 뭘 잘못했는지 묻지 않습니까?"

화가 머리끝까지 난 척을 하고 있긴 하지만 두 사람은 자신들에게 절체절명의 위기가 찾아왔음을 느꼈다.

이렇게 좁은 공간에서 권총으로 사람을 쏘면 빗나갈 확률이 거의 없다.

더군다나 경찰들은 밥 먹고 권총 사격으로 소화를 시키는 사람들이니 오발은 일어나지 않을 것이다.

한마디로 지금 반항을 잘못했다간 그대로 골로 갈 수 있다는 소리였다.

그러나 이대로 경찰서로 끌려가면 더 험한 꼴을 볼 수도 있었다.

'하나, 둘, 셋을 세면 창밖으로 내빼는 거야. 알겠지? 여차하면 내가 저놈들을 처리하겠어.'

'알겠어요.'

사람들 모르게 전음으로 대화를 주고받은 두 사람의 옆구리로 뭔가 묵직한 타격이 전해졌다.

챙그랑!

퍽!

"크허억!"

"쿨럭, 쿨럭!"

갈비뼈가 통째로 흔들거릴 정도로 강력한 권법에 옆구리를 맞은 두 사람은 한동안 그 자리에서 일어서지 못했다.

그때를 틈타 두 명의 남녀가 다가왔다.

"맞았나 보군."

"옮깁시다."

"…누, 누구?"

"너무 많이 알면 다친다."

퍼억!

이윽고 다시 한 번 주먹이 날아왔을 때, 두 사람은 결국 정신을 잃고 말았다.

제8장
잠입

이른 아침부터 태하의 아파트가 분주하게 움직이고 있다.

일찌감치 일어난 태하는 옷을 챙겨 입었고, 청림은 그가 먹고 갈 아침을 준비하느라 눈코 뜰 새가 없었다.

청림은 냉장고에 들어 있는 계란과 베이컨, 햄, 치즈를 이용해서 간단히 아침을 차려냈다.

"오라버니, 식사하세요."

"그래, 고마워."

아침에 어울리는 오렌지주스를 꺼내어 올려놓으니 완벽한 상이 되었다.

"청림, 청림도 같이 먹어."

"네, 그래요."

그녀까지 식탁에 앉으니 이것이야말로 전형적인 가정의 아침 풍경이 아닐 수 없었다.

태하는 감회가 새롭다는 듯이 웃었다.

"후후, 도대체 이렇게 부산하게 아침을 맞은 것이 언제인지 기억도 잘 나지 않는군."

"부모님과 함께 살던 시절에 이렇게 아침을 보냈었나요?"

"그랬지."

대학을 진학하면서부터는 바빠서 집에 자주 찾아가지 못한 태하는 십수 년을 홀로 지냈다.

언젠가부터 혼자가 편하게 된 태하이지만 이제는 가족의 울타리가 너무나도 간절하게 느껴졌다.

그는 청림의 손을 잡았다.

"고마워."

"뭐가요?"

"그냥."

"별말씀을 다 하시네요. 베이컨은 식으면 딱딱해지니 어서 드세요."

"그래, 알겠어."

사소한 아침이 이렇게까지 행복하게 느껴질 줄이야 태하는 미처 상상조차 못했다.

잠시 후, 식사를 모두 마친 태하가 자리에서 일어섰다.

"잘 먹었어. 덕분에 든든해서 힘을 낼 수 있겠어."

"아니에요. 오라버니를 내조하기 위해 따라왔으니 마땅히 해야지요."

태하가 자리에서 일어나 넥타이를 매고 신발을 신자 그녀가 서류 가방과 지갑 등을 챙겨주었다.

"늦지 않겠지요? 아무리 얼마 지나지 않아 떠날 곳이지만 첫날부터 지각을 할 수는 없잖아요."

"그렇지는 않아. 정 안 될 것 같으면 보법으로 가지, 뭐."

"후후, 그래요. 그런 방법이 있었네요."

출근 준비를 모두 마친 태하는 현관 앞 거울에 비친 자신을 바라보았다.

"…꼭 신혼부부 같네."

"부부, 보통의 부부들이 이럴까요?"

"아마도? 다만 부부들은 성적인 접촉이 워낙 많아서 아침도 제대로 보내기 힘들다고 하긴 하더군."

"그렇군요."

평소에는 어지간해서 얼굴이 붉어지는 일이 없는 그녀이지만 오늘따라 유난히도 수줍어하는 것 같았다.

아마도 이런 생활이 부부 생활과 비슷하다고 하니 약간의 감정이입이 된 것이 분명했다.

태하는 그것을 애써 모른 척했다.

"다녀올게."

"네, 다녀오세요."

두 사람은 어쩐지 조금 아쉬워하는 표정으로 헤어졌다.

*   *   *

아침 8시, 회진을 한 시간 앞두고 있다.

태하가 첫 출근 도장을 찍으러 나타나자, 간호사들이 가장 먼저 관심을 보였다.

"닥터 킴?"

"네, 김태하입니다."

"생각보다 미남이시네요. 저는 의사들은 다 못생긴 줄 알았거든요."

"공부를 잘한다고 해서 못생겼다는 것은 옛말입니다. 제 동기들 중에는 영화배우 뺨치는 놈들도 꽤 많아요."

"그러는 선생님도 영화배우 뺨치는데요?"

"고맙습니다."

태하의 외모가 원래 좀 빼어난 데다 환골탈태와 도기의 영향으로 한층 더 배가되어 있었다.

그러니 어지간한 여자들이 그에게 넋을 놓는 것도 무리는 아니었다.

잠시 후, 의국에서 잠시 눈을 붙인 인턴과 레지던트들이 쏟아져 나왔다.

"닥터 킴이십니까?"

"네, 제가 김태하입니다."

"명성은 익히 들었습니다. 의국장 마이클 테이너입니다."

"아아, 그렇군요."

"존경합니다!"

"별말씀을요."

마이클 테이너는 레지던트 4년 차에 이미 병원 생활에 도가 튼 모양이다.

이제 막 병원으로 전입해 오긴 했지만 전도유망한 써전이 얼마나 좋은 줄인지 단박에 알아챈 것이다.

만약 태하가 일반적인 의사로서 병원에 왔다고 가정한다면 마이클의 이런 행동은 상당히 약삭빠르지만 영리한 것이라 볼 수 있다.

'그래, 의국에 저런 놈이 꼭 하나씩 있지. 저놈도 교수가 목표인 모양이군.'

태하 역시 그랬고 모든 레지던트가 교수를 꿈꾸지만 중간에 페이닥터로 전향하여 병원을 나가는 경우도 있었다.

교수 임용을 관두고 병원을 나가는 사람들은 자신의 가치가 이곳에서 썩기에 아깝다고 느끼는 실리주의자들이다.

괜히 교수라는 타이틀에 눈이 멀어 젊음을 혹사시키는 것은 낭비라고 생각하는 사람들인 것이다.

아무래도 마이클은 전자인 것 같았다.

마이클에 이어 레지던트들과 인턴들이 그에게 꾸벅 고개를 숙였다.

"처음 뵙겠습니다! 잘 부탁드립니다!"

"그래요. 잘해봅시다."

이제 막 인사치례를 끝내는 찰나, 의국이 시끄러워진다.

간호사가 외과의사들을 불렀다.

"응급의학과 콜이요! 지금 교통사고로 실려온 환자가 의식을 잃고 쓰러졌답니다! CT촬영 결과 비장 출혈이 의심된답니다!"

"비장 출혈?!"

"어서 가봐야 할 것 같은데요?"

지금 이곳에는 과장이 부재중이니 수술을 집도할 사람은 태하 한 사람뿐이었다.

그는 가방을 간호사들에게 맡겼다.

태하는 환자가 발생했다는 소리를 듣자마자 단박에 의사로 돌변하였다.

"가방 좀 맡아줘요."

"네!"

"응급수술, 내가 집도한다!"

"예!"

"응급실이 어디야?!"

"제가 안내하겠습니다!"

"달려! 시간 없다!"

"예!"

인턴의 안내에 따라 전력 질주한 태하는 3분 만에 응급실에 도착하였다.

삐빅, 삐빅.

이미 응급실에선 복강 내 출혈을 잡아내기 위한 삽관과 각종 검사가 이뤄지고 있었다.

태하는 응급의학과 의사들에게 외쳤다.

"지금부터 이 현장은 우리 1외과가 접수합니다!"

"아아, 새로 오신 전문의 선생님?"

"예, 그렇습니다. 현재 상태는요? 바이탈은?"

"75에 90, 120입니다. 약간 불안정한 상태입니다. 복강 내 출혈이 심하고 비장 출혈이 의심되는 상황입니다. 이대로 시간이 조금만 더 지체된다면 환자가 사망할 수도 있습니다."

일단 태하는 기도를 확보하고 손으로 청진을 해보았다.

두근두근.

조용히 눈을 감은 태하는 이전보다 훨씬 더 발달된 감각으로 상태를 진단하였다.

'복강 내 출혈이 심하군. 이대로 3~4분만 더 지체한다면 이 환자는 쇼크로 죽는다.'

이런 상황에 아주 익숙한 태하가 감각까지 활성화되니 거침이 없었다.

"당장 출혈을 잡지 못하면 이 환자는 죽는다. 수술방까지 갈 수도 없어."

"그, 그럼 어쩝니까?!"

"여기서 연다."

"지, 지금이요? 지금 이곳에는 마땅한 장비도 없습니다. 일단……."

태하는 레지던트들과 인턴들에게 외쳤다.

"이런 씨발! 지금 사람 죽어가는 거 안 보여?! 어서 안 움직여?!"

"하, 하지만……!"

"내가 책임진다! 그러니 재빨리 움직여! 정강이를 아작 내기 전에!"

"죄, 죄송합니다!"

그는 응급실 간호사들에게 말했다.

"수술복!"

"예!"

태하는 재빨리 손을 씻고 수술복을 착용하였다.

휘릭!

그는 간이 수술대에 환자를 눕히고 아무런 장비 없이 오로지 손의 감각만으로 수술을 시작하였다.

"메스!"

메스를 손에 쥔 태하는 거침없이 복부를 개복하였다.

좌락!

그런 이후 집게로 상처를 벌렸다.

"클램프!"

끼릭!

상처를 벌린 태하는 곧바로 손을 집어넣어 복부 아래쪽을 뒤지기 시작했다.

좌륵, 좌륵!

대한민국은 사냥이 아주 활발하게 이뤄지는 나라이기 때문에 허구한 날 사람이 다 죽어서 들어왔다.

거의 하루에 여덟 번, 많게는 열두 번까지도 수술을 감행하던 태하이기에 순발력 하나는 타의 추종을 불허하는 지경이 되었다.

또한 지금의 태하는 내공의 증진으로 인하여 감각이 극대화되어 있었다.

그러니 이런 수술이 가능하게 된 것이다.

'찾았다!'

그는 비장을 찾자마자 주변의 혈도를 내부에서 눌렀다.

투둑!

그러자 피가 아주 잠시 멈추면서 환부가 드러나기 시작했
다.

"석션!"

촤아아아아아악!

태하는 환부를 발견하자마자 집게로 바늘을 쥐고 상처를
봉합하였다.

슥슥슥.

단 몇 번의 바느질로 완벽하게 상처를 봉합한 태하는 마무
리까지 끝냈다.

"컷!"

탁!

상처를 매듭지은 태하는 곧장 수술복을 벗었다.

"환부를 테이프로 고정시키고 곧바로 수술실로 올라갑시
다."

"예, 선생님."

일단 급한 불은 껐으니 수술의 경과는 상당히 좋을 것이다.

＊　　　＊　　　＊

교통사고로 인해 비장, 소장, 대장, 폐까지 모두 상한 환자는 태하의 초도 조치로 인해 목숨을 건질 수 있었다.

출근 첫날부터 수술을 성공적으로 마친 태하에게 외과과장의 칭찬이 이어진다.

짝짝짝!

"역시 자네가 한 건 제대로 할 줄 알았어! 하하, 이제 2과 놈들의 코가 아주 납작해지겠군!"

"별것 아닙니다. 어시스턴트가 좋아서 수술이 잘 끝난 것뿐입니다."

"하하! 아무튼 고생 많았어. 잠시 쉴 수 있도록."

"예, 과장님."

수술을 끝낸 태하가 휴게실로 향하자, 아까 잠시 말대답을 한 레지던트가 달려왔다.

"선생님!"

"뭔가?"

"죄송합니다. 제가 아까 우물쭈물하는 바람에……."

태하는 고개를 저었다.

"이 세상은 뭐든지 결과가 우선이다. 어찌 되었든 간에 사람이 살았다는 것이 중요하지. 의사는 사람만 살리면 된다. 그 과정에서 무슨 일이 일어났든 간에 사람만 살리면 되는 거야."

"아아……!"

그는 휴게실 자판기에서 음료수를 하나 뽑아서 건넸다.

"이것 마시고 정신 좀 차려."

"감사합니다!"

레지던트의 뒤를 이어서 인턴들이 그에게 경외의 눈빛을 보냈다.

"우와, 저런 카리스마가……!"

"이번에야말로 우리 1과에 인물이 들어온 것이지!"

매번 교수의 뒤에 서서 죽어라 수술만 하던 태하이기에 이런 경외의 눈빛은 익숙하지 않았다.

그는 속으로 실소를 흘렸다.

'이런 수술이 어디 한두 번이었던가? 아니, 이보다 더한 케이스가 수도 없이 많았다. 그때 대한병원에 있었으면 아주 까무러쳤겠군.'

태하의 입장에서는 별것도 아닌 것으로 저런 반응을 보이니 어쩐지 뒤통수가 근질거리는 것 같았다.

하지만 이것도 문화의 차이라 볼 수 있을 테니 앞으로는 천천히 적응해야 할 것이다.

그날 오후, 태하는 두 건의 수술을 마치고 오늘 수술한 환자들의 상태를 둘러보았다.

오늘 하루 종일 의사 가운 대신에 수술 가운만 걸치고 있었던 태하는 여전히 수술복을 입은 상태였다.

언제 응급 수술이 터질지 모른다는 압박감 때문에 하루 종일 수술복을 입고 생활하는 것이다.

그가 수술한 환자들은 경과가 좋아서 며칠이면 퇴원할 환자도 있었다.

그중에서도 오늘 응급실을 통하여 들어온 교통사고 환자가 가장 신경 쓰이는 태하이다.

그는 이제 막 눈을 뜬 환자를 바라보며 물었다.

"환자 분, 정신이 좀 드십니까?"

"여긴……."

"웨스턴 햄스 병원입니다. 저는 환자 분을 수술한 김태하라는 의사고요."

"아, 예."

"실려오실 때엔 상태가 그리 좋지 않았습니다만, 응급실에서 초도 조치가 빨라서 목숨을 건졌습니다."

"그렇군요."

"일단 오늘은 이대로 회복하시다가 내일쯤 경과를 봐서 추후의 일정을 결정하도록 하시죠."

"네, 알겠습니다."

"그럼 푹 쉬세요."

태하가 돌아서려는데 환자가 불현듯 그를 불렀다.

"저, 선생님."

"예?"

"감사합니다. 정말 감사합니다. 제 기억에 트럭과 충돌한 것 같은데, 이 정도로 회복한 것은 천운입니다. 정말 감사드립니다."

"천운이라 생각하면 하늘에 감사드리세요. 그리고 재활 치료도 꼭 잘 하시고요."

"네, 알겠습니다."

환자들을 모두 살핀 태하는 이제 슬슬 퇴근 준비를 하기로 했다.

그를 따르던 레지던트들은 이제 시간이 늦었음을 알고 그에게 고개를 숙였다.

"수고 많으셨습니다!"

"별말씀을. 자네들도 오늘 수고 많았어."

"감사합니다!"

태하는 락커룸으로 들어가 옷을 갈아입었다.

아직도 깔끔하게 줄이 잡힌 옷을 입은 태하는 락커룸을 나가 지하 주차장으로 향했다.

그런데 지하 주차장으로 내려가는 길목에 있는 창고에서 여자의 목소리가 들려왔다.

"우쭈쭈, 잘 먹는다."

야옹.

창고로 다가가 보니 새끼 고양이를 돌보고 있는 이사장 레지나가 보인다.

태하는 가만히 그녀의 행동을 지켜보았다.

'길고양이인가?'

바로 그때, 그녀가 화들짝 놀라며 태하를 바라보았다.

"어, 어머나!"

"놀라셨다면 죄송합니다."

"아, 아니요. 괜찮습니다."

태하는 그녀에게 고양이의 정체에 대해 물었다.

"그 녀석은……?"

"얼마 전에 주차장에서 발견했어요. 발견했을 당시 영양실조가 심해서 죽어가고 있었지요. 제가 데려와서 하루에 세 번씩 밥을 주고 있어요."

"어미는요?"

"한 달째 나타나지 않네요. 아마 죽은 것 같기도 하고……."

"불쌍하게 되었군요."

생후 3개월쯤 되었을 법한 새끼 고양이는 모포가 깔린 종이 상자 안에서 생활하고 있었다.

얕지만 수의학적 지식이 있는 태하가 고양이를 살피기 시작했다.

고양이는 현재 아주 약한 피부병을 앓고 있었고 눈동자의 색이 살짝 변한 것으로 보아 황달기도 있는 것 같았다.

"털을 다 밀어야겠는데요?"

"터, 털을요?"

"피부병이 있습니다. 아직 그렇게 심각한 지경은 아니지만 이대로 내버려 두면 분명 진물이 생길 겁니다. 그 전에 치료하지 않으면 아마 상당히 고통스럽겠지요."

"그렇구나. 어쩐지 자꾸만 몸통을 긁는다고 했더니 그런 이유에서였군요."

"또한 약한 황달이 있습니다. 영양실조로 인해 온 것일 수도 있고 기생충이나 음식을 통해 감염되었을 수도 있죠. 혹시 예방접종은 하셨습니까?"

"아니요, 아직."

"만약 계속해서 키우실 것이라면 예방접종쯤은 하시는 것이 좋아요."

그녀는 난감한 표정을 지었다.

"저도 예방접종을 해주고 싶긴 하지만 규정상 병원에서는 동물을 키울 수 없어요."

"감염의 위험이 있으니 당연히 동물은 키우지 않지요."

"그래서 치료도……"

레지나는 겉보기엔 아주 당찬 여자인 것 같았지만 약간은 어수룩하고 순수한 면이 있는 것 같았다.

태하는 고양이를 데리고 나갈 것을 권유했다.

"그럼 댁에서 돌보시지요."

"…저희 집도 동물은 들일 수 없어요. 동생이 알레르기가 있거든요."

"난감하게 되었습니다. 그럼 이 녀석을 어쩌면 좋을까요?"

"그러게 말이에요."

태하는 나름대로 묘안을 짜냈다.

"제가 데리고 가서 아파트 베란다에서 키우겠습니다. 하루에 세 번 밥만 주면 되는 것이니 시간이 지나 나이가 차면 독립을 할 수도 있겠지요."

"그래 주실 수 있나요?"

"고양이도 생명입니다. 저렇게 아픈 것을 보고 그냥 지나친다면 의사로서 자격이 없는 것이죠."

그는 고양이를 동물 병원으로 데리고 가기로 했다.

"제가 데리고 갈 테니 걱정하지 마세요."

"고, 고맙습니다. 닥터 킴은 참으로 자상하시네요."

"별말씀을요."

태하가 고양이를 안아 자동차로 데리고 가는데 그녀가 뒤를 따른다.

"실례가 안 된다면 저도 함께 가면 안 될까요?"

"병원을 말입니까?"

"네. 경과를 보고 싶어서요."

"그럼 그렇게 합시다."

그는 레지나를 차에 태워 근처 동물 병원으로 향했다.

*　　　　*　　　　*

웨스턴 햄스 병원 인근에 있는 동물 병원을 찾은 태하는 의사의 정확한 진단을 받을 수 있었다.

"진드기성 피부염이네요. 털을 좀 밀고 며칠 지켜보면 금세 괜찮아질 겁니다."

"그렇다면 큰 문제는 없는 것이죠?"

"물론입니다. 문제될 것은 없어요. 다만 혈액 검사에서 황달 수치가 높게 나와서 입원을 좀 해야 할 것 같아요."

"알겠습니다. 그럼 이곳에 입원을 시키고 경과를 지켜보기로 합시다."

태하는 동물의 보증인 서명란에 자신의 이름을 넣고 전화번호를 적어 내려갔다.

잠시 후 신상 명세를 모두 적은 태하에게 수의사가 환자 카드를 건넸다.

"이것을 가지고 계시다가 퇴원할 때 반납하시면 됩니다. 면회는 수시로 할 수 있으니 아무 때나 오시면 되고요."

"고맙습니다."

그는 환자 카드를 레지나에게 건넸다.

"받으십시오. 편하실 때 오셔서 고양이를 보면 되겠네요."

"고마워요. 저 혼자였으면 결코 이런 일을 할 수 없었을 거예요."

"별말씀을요."

이제 고양이를 맡기고 병원을 나선 태하에게 그녀가 물었다.

"오늘 스케줄이 어떻게 되세요?"

"무슨 시키실 일이라도 있으십니까?"

"아니요, 그냥 저녁이라도 대접하고 싶어서요."

태하는 그녀의 초대를 고사하였다.

"하하, 아닙니다. 무슨 큰일을 한 것도 아니고 동물 병원에 입원시킨 것뿐인데요, 뭘."

"그래도……"

바로 그때, 태하의 핸드폰이 울린다.

지이이이잉!

청림이다.

"응, 나야."

—오라버니, 식사는 어떻게 해결하실 건가요?

"이제 곧 갈 거야. 저녁은 먹었어?"

—아직이요. 오라버니 오시면 같이 먹으려고요.

"그래, 알겠어. 금방 갈게."

전화를 끊은 태하가 쑥스럽게 웃었다.

"집에 기다리는 사람이 있습니다. 애완 족제비 밥도 줘야 하고요. 죄송하게 되었습니다. 식사는 다음번에 하시죠."

"아아……!"

그녀는 고개를 푹 숙였다.

"죄송해요. 저는 그냥 좋은 뜻으로 함께 식사나 하자고 건넨 제안인데……."

"아닙니다. 그런 제안을 받아서 얼마나 기쁜지 모릅니다. 다음에 제가 술 한잔 대접하겠습니다."

"알겠어요."

"그럼……."

태하는 자동차를 타고 자신의 아파트로 향했다.

*　　　*　　　*

집으로 돌아가는 길, 태하의 핸드폰으로 전화가 걸려왔다.

발신자 표시 제한

그는 발신자가 누구인지 굳이 말하지 않아도 알 것 같았다.

"츠바사?"

―그곳 공기는 좀 어때? 생활은 할 만한 것 같아?

"타지에서의 생활이 다 거기서 거기지, 뭐."

―듣자 하니 순발력 좋게 수술 한 건 해냈다면서?

"별것 아니야. 그냥 복강 내 출혈 잡아낸 것뿐이야. 이 정도 수술은 한국에서도 얼마든지 했어."

―역시 스파르타식으로 단련된 의사는 뭔가 달라도 다르군.

"그나저나 그건 어떻게 알았어? 내가 수술한 것 말이야."

―당연히 그곳에 끄나풀을 심어두었지. 설마하니 내가 그 먼 곳까지 형을 혼자 보냈겠어? 난 그렇게 무책임한 동생이 아니야.

그는 태하에게 메시지 한 통을 보냈다.

딩동!

―메시지에 끄나풀의 신상 명세를 적어놓았어. 그 사람과 접촉하는 것은 자제해야 하지만 서로 위험한 일이 있을 때엔 도우면서 지내라고.

"적적하진 않겠군."

츠바사는 태하가 영국에서 생활하는 데 도움을 주기 위해 끄나풀을 한 명 섭외하여 보고를 받고 있었다.

그는 조사의 진척도에 대해 물었다.

―조사는 좀 어때? 진행은 있어?

"아직 조사는 못 해봤어. 이제 막 이곳으로 왔거든."

―하긴.

태하는 이곳에서 어떤 방식으로든 단서를 잡을 생각인데, 그중의 하나가 바로 DNA를 채취하는 것이다.

"DNA 분석은 해놓았어?"

―물론이지. 인터폴에도 줄을 대어 혹시라도 범죄자 기록이 있을까 싶어서 등록도 해두었어.

"그래, 잘했어."

―그런데 어떻게 DNA를 채취할 거야? 그게 그리 쉽지가 않을 텐데 말이야.

"다 방법이 있지."

―뾰족한 수가 있는가 봐?

"병원에선 질병 관리가 최우선이야. 그런데 만약 병원에 독감이나 신종플루 같은 질병이 창궐하면 어떻게 되겠어?"

―당연히 예방접종부터…….

"그래, 바로 그거야."

―서, 설마하니 병원균을 퍼뜨리겠다는 소리는 아니지?

"환자들에겐 피해가 가지 않을 거야. 진짜 병원균은 아니거든."

―그럼?

"내가 아는 약초 중에서 감기와 비슷한 증상을 만들어내는 약초가 있어. 그것을 달여서 몇몇 간호사에게 먹이면 콜콜거리면서 앓겠지. 앓는 사람들에겐 좀 미안하지만 건강에 이상은 없을 거야."

―으음, 그렇게 주사를 놓도록 유도해서 DNA를 채취하겠다?

"어차피 백신 접종은 온 직원이 다 하도록 되어 있으니 빠지는 사람은 없을 거야. 만약 빠진 사람이 생긴다면 그 사람이 범인 아니겠어?"

―그렇긴 하네.

"어때, 나의 묘안이?"

―그래, 좋아. 그럼 나는 뭘 도와주면 되지?

"끄나풀에게 전해. 내가 감기를 퍼뜨리면 백신을 접종해야만 하게끔 분위기를 이끌라고."

―알겠어. 그럼 그렇게 하자고.

츠바사와 말을 맞춘 태하는 전화를 끊고 집으로 향했다.

제9장
묘한 바이러스

다소 늦은 저녁이지만 청림은 아직까지 식사를 하지 않고 태하를 기다리고 있었다.

"오라버니 오셨어요?"

"내가 좀 늦었지?"

"아니요, 괜찮아요."

태하가 집에 도착해 보니 청림이 시장에서 사온 식재료로 한국식 밥상을 차려놓았다.

"이야, 이게 다 뭐야? 김치찌개에 잡채, 등갈비, 심지어 장조림까지?"

"책에서 본 대로 해봤는데 괜찮을지는 확신하기 힘드네요."

"네가 한 것이라면 뭐든지 다 맛있을 거야."

본래 식사를 해도 그만, 안 해도 그만인 태하이지만 반찬을 보자마자 시장기가 돌았다.

"그럼 손 씻고 올 테니 곧바로 밥을 먹자고."

"그래요."

태하는 넥타이만 풀러놓고 곧바로 식탁에 앉아 밥그릇을 비워내기 시작했다.

우걱우걱!

"으음, 맛이 기가 막힌데?!"

"정말요? 다행이네요. 인간의 음식은 만들어본 적이 없어서 걱정이 많았는데 정말 다행이에요."

"고마워. 나를 위해서 이런 밥상을 다 차려주다니 말이야."

"뭘요. 오라버니가 저에게 해주시는 일들에 비하면 별것 아니죠."

태하는 오랜만에 아주 정갈한 한식 밥상을 받아 기분이 한 껏 좋아졌다.

"기분이 너무 좋군. 뭔가 선물을 해주고 싶은데, 갖고 싶은 것이 있으면 말해."

"선물이요?"

"원래 기분이 좋은 날이나 특별한 날에는 다들 선물을 하잖아? 나도 오늘은 네게 선물을 하고 싶어졌어."

청림은 나름대로 깊은 고민을 하는 것 같았다.

"으음, 정 그렇게 선물을 해주시고 싶다면 쉬는 날에 나들이 가요."

"나들이?"

"상황이 좀 좋지 않지만 그래도 영국까지 왔는데 나들이를 하는 것도 나쁘지 않을 것 같아서요."

"아아, 그렇긴 하네."

"갈 수 있을까요?"

태하는 흔쾌히 고개를 끄덕였다.

"물론이지. 갈 수 있고말고."

"고마워요, 오라버니! 지금까지 인간 세상에서 한 번도 놀아 본 적이 없어서 놀이동산이라든지, 공원이라든지, 호수라든지, 그런 곳이 늘 궁금했거든요."

"그래, 그럼 다음 주에 시간을 내보자."

"그래요!"

태하는 청림과 마주 앉아 이런 일상적인 얘기를 나누고 있 자니 정말 결혼을 한 것 같은 착각이 들었다.

그는 그녀와 두런두런 얘기를 나누면서 식사를 하는 이 시 간이 너무나 좋았다.

"이래서 다들 결혼을 하나 봐."

"갑자기 결혼은 왜요?"

"그냥… 예전에 혼자 살 때엔 이런 기분을 못 느꼈거든. 뭔가 얘기를 할 수 있는 상대가 있다는 든든함? 외롭지 않잖아."

"원래 오라버니는 외로운 사람이었나요?"

태하는 한 번도 생각해 본 적이 없는 질문을 받곤 생각에 잠겼다.

"외로운 사람이라… 그래, 확실히 외롭게 살기는 했네. 어려서부터 의사가 되겠다고 미친놈처럼 공부만 하다가 막상 의사가 되어서도 제대로 연애조차 해보지 못했으니까."

"으음, 그렇군요."

"공부만 하는 사람이라 친구도 없고 부모님도 그다지 집에 가만히 계시는 스타일이 아니었거든. 청림이 말해주기 전까진 몰랐어. 내가 외로운 사람이었다는 것을 말이야."

청림은 미소를 지었다.

"그래도 이젠 내가 있잖아요. 외롭지 않을 거예요."

"고마워."

태하는 청림의 깊은 눈동자를 가만히 바라보았다.

그녀는 태하를 바라보며 미소를 지었고, 그 미소가 태하의 마음속을 아주 살며시 간질였다.

'뭐지, 이 느낌은?'

살면서 여자를 한 번도 못 만나보거나 서른이 넘도록 여자와 잠자리를 가져본 적이 없는 숙맥은 아니지만 눈동자에서 전기가 튈 것 같은 이런 느낌은 처음이다.

태하는 처음 경험해 보는 이 감정에 어찌할 줄을 몰랐다.

"……."

두 사람이 말없이 서로를 바라보기만 하는데 분위기가 미묘하게 흘러갔다.

그리고 점점 가까워지는 두 사람, 태하와 청림은 자신들도 모르게 눈을 감았다.

아마 이대로 시간이 조금만 더 흐른다면 뜨거운 키스가 오갈지도 모른다.

하지만 꼭 이럴 때 산통을 깨는 사람이 있다.

딩동!

태하가 이를 악물었다.

"뭐야, 이 야밤에?"

"크, 크흠! 그러게요?"

두 사람 모두 머쓱해져선 자리에서 일어섰다.

태하는 조금 짜증이 난 상태로 현관문을 열었다.

"누구세……."

"닥터 킴."

순간, 태하의 눈동자는 커졌고 청림의 표정은 딱딱하게 굳었다.

"이사장님이 이 시간엔 어쩐 일로……?"

"그러게 말이에요."

"그냥 좀 얘기를 나누고 싶어서요. 두 분이 함께 계신 줄 알았으면 다음에 오는 건데… 죄송해요. 내일 다시 올게요."

태하는 그녀를 그냥 돌려보내려 했지만 청림은 달랐다.

"들어오세요. 어차피 우리도 이제 막 식사를 하려던 참이거든요. 한식 좋아하세요?"

"아니요. 먹어본 적은 없어요. 그렇지만 친구들 얘기론 맛이 좋다고 하더군요."

"괜찮다면 같이 먹어요."

"그래도……."

"들어오세요."

태하는 그녀의 방문이 썩 마뜩치 않았지만 청림은 그녀가 외로워 보였다.

'정이 많아.'

그는 조금 떨떠름한 표정으로 자리에 앉았다.

*　　　*　　　*

늦은 밤, 와인을 앞에 둔 청림과 레지나가 앉아 있다.

두 여자는 서로 진솔한 대화를 나누면서 급속도로 친해졌다.

태하는 두 사람의 사이에 끼어 그냥 술이나 따르고 조금씩 마시면서 시간을 보내고 있었다.

"레지나 씨는 어떤 남성상을 좋아하나요?"

"저는 다정한 사람이 좋아요. 겉으로 보기엔 어떨지 몰라도 속은 참 상냥한 사람이 좋은 것 같아요."

"으음, 그래요?"

"일할 때는 조금 거칠고 완벽주의자 같은 면이 있다고 해도 돌아서면 뒤끝이 없는 그런 스타일?"

"그런 사람이 이곳에 한 명 있기는 한데……."

태하는 와인을 마시다가 고개를 갸웃거렸다.

"왜 나를 쳐다봐?"

"아니에요. 그냥 뭐 하나 한번 봤어요."

"싱거운 사람들이네."

사실 이것은 태하 본인을 말하는 것이었지만 그는 애써 모른 척했다.

태하는 사람을 살리는 의사라는 직업에 사명감을 가지고 있고 생명의 소중함을 잘 알기에 언제나 최선을 다한다.

아마도 레지나는 그런 태하의 모습에 호감을 가지고 있는 것이 분명했다.

하지만 태하는 그녀가 어떤 사람인지 모르는 이 상황에서 마음을 열 수가 없었다.

그리고 결정적으로는 태하의 마음이 누군가에게 이미 약간 기울어져 있었다.

태하가 별생각 없이 술잔을 기울이고 있는데 레지나가 물었다.

"닥터 킴과 선선 씨는 언제 결혼하실 건가요?"

"겨, 결혼이요?"

"약혼을 한 사이라면 언젠가는 결혼한다는 소리 아닌가요?"

"뭐, 그건 그렇지요."

레지나는 고개를 살짝 숙인 채 말했다.

"만약 두 사람이 결혼하신다면 제가 들러리를 서드리고 싶어요. 괜찮을까요?"

"들러리요?"

"저는 친구가 별로 없어서 결혼식 들러리에 서본 적이 한 번도 없어요. 서른이 넘도록 말이죠."

"아아, 그렇구나."

청림은 흔쾌히 그녀의 부탁을 수락했다.

"언제가 될지, 혹은 결혼을 정말 할지는 몰라도 그렇게 된다면 들러리를 부탁할게요."

"정말요?"

"이렇게 마음을 터놓고 친구가 되었는데 들러리는 당연히 부탁해야죠."

"고, 고마워요!"

"별말씀을요. 오히려 저희가 더 감사드려야지요."

밤이 깊어가는 만큼 두 사람의 술자리도 점점 깊어져 갔다.

*　　　*　　　*

태하가 웨스턴 햄스 종합병원에 들어온 지 일주일이 지났다.

이제 한창 간호사들과 친해져서 얼굴을 익히고 있는 태하는 슬슬 작전을 펼쳐 나갔다.

"콜록콜록!"

"감기 걸리셨어요?"

"이상하네요. 몸에 열은 없는데 자꾸 기침이 나고 가래가 끓어요. 머리도 아프고요."

"어디 한번 봐요."

태하는 친하게 지내는 간호사 오필리아의 눈동자를 한번 살펴보았다.

뻔한 얘기이지만 그는 감기를 진단했다.

"열은 없지만 아무래도 감기가 맞는 것 같아요. 내과 진료를 받아보세요. 간호사가 감기에 걸리면 안 되잖아요?"

"그래요. 알겠어요."

시름시름 앓는 오필리아를 보면서 약간 미안한 마음이 들기는 했지만 결정적으로 몸에 이상이 있는 것은 아니니 괜찮겠거니 생각하는 태하다.

잠시 후, 태하의 곁으로 몇몇 간호사가 기침을 하면서 지나간다.

"콜록콜록!"

"미나, 레이나, 괜찮아요?"

"아이고, 죽겠네요. 갑자기 웬 감기지?"

"다들 내과 진료를 좀 받아야겠어요. 안 그러면 환자들이 불안해서 안 되겠는데요?"

"그러게요."

"같이 갑시다. 제가 내과에 부탁해 둘게요."

"고, 고마워요."

태하는 간호사들을 데리고 내과로 향했다.

웅성웅성!

내과에는 수많은 사람들이 줄을 서고 있었는데, 모두 다 같은 증상으로 병원을 찾아왔다.

그런데 이들에겐 공통점이 하나 있었다.

모두가 이 병원의 직원들이라는 것이다.

오필리아는 내과를 찾은 30명의 직원들을 바라보며 고개를 갸웃거렸다.

"별일이네. 모두 다 아는 얼굴뿐이네요."

"직원들 사이에만 전해지는 뭔가가 있는 모양인데요?"

"그럴 수가 있는 건가?"

"뭐, 이 세상에는 별의별 일이 다 있으니까요."

잠시 후, 제1내과 과장 젝 스플린터가 태하에게로 다가왔다.

"새로 오신 전문의이신가요?"

"네, 그렇습니다."

"반갑습니다. 젝 스플린터입니다."

"김태하입니다."

젝 스플린터는 태하에게 두 간호사의 증상에 대해 물었다.

"이 두 분은 어떻게 오셨지요?"

"감기 증상이 있는데 열은 없습니다."

"기침, 가래, 호흡곤란 등이 있으신가요?"

"비슷합니다."

"이것 참, 아무래도 병원 직원들부터 조사를 해보는 것이 좋겠네요."

"조사요?"

"채혈을 실시하자는 말입니다."

순간, 태하는 젝 스플린터가 바로 이곳의 조력자라는 것을 깨달았다.

'아아, 츠바사가 말한 조력자가 바로 이 사람이군.'

끄나풀을 심어두었다고 하더니 그 사람이 바로 제1내과의 과장인 모양이다.

그는 태하에게 채혈을 도와줄 수 있도록 부탁하였다.

"가능하다면 외과에서도 모든 직원의 피를 채혈해 주시기 바랍니다. 이건 우리 병원의 위상을 떨어뜨리는 전염병을 잡기 위함이니 부디 협조해 주시지요."

"네, 잘 알겠습니다."

영국 런던에서 손가락 안에 꼽을 정도로 거대한 종합병원에서 직원들이 집단 감염을 일으켰다는 것은 상당히 이례적인 일이다.

만약 이 사태를 진정시키지 못하면 병원은 크나큰 타격을 받게 될 것이 분명했다.

아마 꼭 끄나풀이 아니었다고 해도 분명 같은 진단이 나왔을 것이다.

태하는 그의 부탁을 아주 흔쾌히 들어주기로 했다.

"좋습니다. 선생님을 돕겠습니다."

"감사합니다. 외과가 바쁜 것은 알지만 이건 중요한 일이니 지위 고하를 막론하고 모든 사람을 조사해 주십시오."

"잘 알겠습니다."

이제 태하는 공식적으로 병원의 모든 사람들에게 채혈할 수 있는 권한을 부여 받게 되었다.

*　　　　*　　　　*

그날 저녁, 태하는 병원에 있는 모든 사람의 혈액 샘플을 채취하였다.

태하는 혈액 샘플에 있는 신원 정보를 모두 차트에 적어 넣고 그 샘플에서 피를 한 방울씩 빼돌려 염색지에 묻혔다.

이제 이것을 하오문으로 보내면 적어도 내일쯤이면 결과가 도착하게 될 것이다.

태하는 차트를 갈무리해서 병원 밖에 대기하고 있는 하오문의 전령에게 그것을 전달하였다.

휘릭!

창문으로 차트 뭉치와 샘플을 집어 던지자 하오문의 전령이 그것을 자연스럽게 낚아챘다.

턱!

그는 아주 성능이 좋은 오토바이를 타고 이곳을 나가 곧바로 비행장으로 향하게 될 것이다.

부아아아아아아앙!

태하는 아무런 일도 없다는 듯이 다시 병동으로 돌아갔다.

다음 날 태하는 곧바로 혈액 샘플의 결과에 대해 전해 듣게 되었다.

일치하는 인물 없음

태하는 고개를 갸웃거렸다.

"이상하군. 도대체 뭐가 잘못된 것이지?"

어쩌면 이곳에서 일하는 사람이 아닐지도 모른다는 생각을 해보지만 그의 뇌리에 스치는 것이 하나 있다.

이 병원에서 채혈을 받지 않은 사람이 단 한 명 있는 것이다.

"이사장?!"

병원에서 일하는 모든 사람의 신분 고하를 막론하고 채혈을 실시하였지만 정작 병원의 수장인 이사장은 채혈을 받지 않았다.

왜냐하면 병원의 그 어떤 누구도 그녀를 채혈할 생각을 하지 못한 것이다.

그것은 태하 역시 마찬가지였다.

그렇다면 그녀가 범인일 가능성이 아주 높다는 소리다.

"채혈을 하지 않은 사람이 단 한 명인데 결과는 모두 음성이라……."

아무래도 그는 그녀를 조금 더 깊게 조사할 필요가 있겠다고 생각했다.

＊　　　＊　　　＊

체코 프라하의 한 지하 감옥 안.

똑, 똑.

대략 800년 전에 지어진 이 지하 감옥은 흉악한 죄수들을 수감하고 죽이던 곳이다,

수백 년이 지난 지금도 이 지하 감옥에선 시체 썩는 냄새와 피비린내가 진동하고 있었다.

이곳 지하 감옥 고문방에 한 쌍의 남녀가 천장에 두 손이 묶인 채 매달려 있다.

"쿨럭쿨럭!"

"이제 정신이 좀 드나?"

"…다, 당신은?!"

"내가 나타나 조금 놀랐나?"

천하랑은 자신을 바라보며 흠칫 놀라는 전민우를 바라보며 물었다.

"하나만 묻겠다. 그렇게까지 돈이 좋았나?"

"……"

"사람 나고 돈 났지, 돈 나고 사람 났나? 물욕이 너무 강하면 사람을 망치는 법이야. 잘 알지 않나?"

사성회의 부회장 문하에서 무공을 배우고 꽤 높은 경지를 이룩한 전민우였지만 천하랑의 상대는 결코 될 수가 없었다.

전민우는 오늘 자신이 이곳을 빠져나가는 방법은 오로지 하나밖에 없다는 것을 잘 알고 있었다.

"…우리를 이곳까지 데리고 온 것을 보니 당장 죽이려는 생각은 아닌 모양이군."

"그래, 그럴 생각은 없다."

천하랑은 아직 눈을 뜨지 않은 박미현을 바라보며 말했다.

"미현이는 사부를 배신했다. 이 세상의 그 어떤 금수만도 못한 놈도 제 사부를 배신하는 경우는 없다. 그런데 이 호랑말코 같은 녀석은 사부를 배신했지. 하여 이 아이는 결코 살려둘 생각이 없어."

"……."

전민우는 이미 죽음을 각오했다는 듯 더 이상 그 어떤 말도 보태지 않았다.

천하랑은 그에게 선택지를 하나 주었다.

"너희들이 청야성의 끄나풀이라는 것은 익히 잘 알고 있다. 네놈들과 함께 살해에 동참한 사람들의 명단도 이미 확보한 상태지."

"…그럼 뭘 망설이는가? 그냥 죽여라."

"내 머릿속에선 이미 수백 번도 더 너희 둘을 죽였다."

천하랑은 그의 동공에 붉은색 진기를 불어넣었다.

스스스스스스!

그러자 그의 눈동자가 빨갛게 달아올랐다.

치이이익!

"끄아아아아아악!"

"아직 죽이기엔 너무나도 아깝다. 고문의 여정은 길고도 험하거든."

"허억, 허억! 이런 천하의 개자식!"

"개자식? 지금 누가 누구에게 개자식 운운하는 것인가?"

두 사람이 첨예하게 대립하고 있는 가운데 박미현이 깨어났다.

"…장로님?"

"미현이가 깨어났군."

"면목 없습니다."

"면목이 있을 리가 있나? 사문을 배신하고 적과 내통하여 사부까지 죽음으로 내몰다니, 네놈은 사람도 아니다."

"더 이상 변명하지 않겠습니다. 그냥 죽여주십시오."

"안 그래도 그럴 것이다. 하지만 지금은 아니야."

천하랑은 그들을 아주 천천히 고문해서 정보를 캐낼 스페셜리스트를 불러들였다.

"유이나."

파밧!

허공에서 뚝 떨어져 내린 명화자객단주 유이나 오쿠무라가 천하랑에게 읍하였다.

"부르셨습니까?"

"자네들이 좀 나서주어야 할 때가 온 것 같군."

"두 연놈이 입을 열지 않는 것입니까?"

"조금 힘들게 만드는군."

그녀는 슬그머니 미소를 지었다.

"…맡겨만 주십시오."

"가능하겠나?"

"저에게 일주일만 주시면 정신을 개조해서 데려다 드리겠습니다."

유이나 오쿠무라는 고문에선 타의 추종을 불허하는 괴물 중의 괴물이라고 할 수 있었다.

그녀는 악질의 고문을 즐기는 특이한 성향을 가지고 있는 진짜배기 고문 기술자였다.

잠시 후, 그녀는 등에 매달고 있던 거대한 케이스를 바닥에 내려놓았다.

쿠웅!

그 안에는 각종 고문 도구와 주사기가 나열되어 있었다.

그녀는 살과 살 사이를 비집고 다니면서 뼈를 발라내는 발골용 칼을 꺼내 들었다.

"하아⋯⋯!"

칼에 입김을 불어넣은 그녀가 소름 끼치는 미소를 지으며 두 사람에게 다가갔다.

"자, 그럼 시작해 볼까?"

"⋯장로님, 아무리 그래도 명화자객단에게 저희 둘을 맡기는 것은 너무하신 것 아닙니까? 그래도 한때는 문하의 제자였는데⋯⋯."

"그래, 한때는 그랬지. 하지만 지금은 아니지 않나?"

"⋯⋯."

"시작하게."

"예, 장로님. 감사합니다."

유이나는 가장 먼저 두 사람을 마주 보도록 돌려놓고 박미현의 아킬레스건부터 아주 살며시 찔러 나갔다.

푸욱.

"허, 허어어어억!"

"이런 제기랄!"

"큭큭, 이 촉감, 아주 죽이는군!"

전민우는 아무래도 정상적으로 살아 돌아가긴 글렀다고 생각했다.

　　　　　　　*　　　　*　　　　*

　며칠 후, 잠시 병원을 떠들썩하게 만들었던 전염병 사건이
일단락되었다.

　태하가 만들어낸 치료제가 구내식당에 몰래 섞여 들어가
환자들의 환우가 단 한 방에 나아버린 것이다.

　전염병은 일단락되었지만 태하의 수사는 계속해서 이어져
갔다.

　그는 레지나에게 접근하기로 했다.

　이른 아침, 이사장 전용차를 타고 병원에 도착한 레지나에
게 태하가 다가갔다.

　"이사장님 오셨습니까?"

　"닥터 킴? 일찍 나오셨네요."

　"네, 이사장님을 뵙고 싶어서 말입니다."

　"저를요?"

　"오늘 시간이 괜찮으시다면 함께 고양이 면회를 가주시겠습
니까?"

　"아아, 그렇군요. 오늘 경과를 보는 날이라고 했나요?"

　"예, 그렇습니다."

　"그렇다면 제가 당연히 가야지요. 제가 벌인 일이니까요."

"그럼 오늘 저녁 제가 모시러 오겠습니다."

"그래, 고마워요."

레지나는 태하의 접근이 썩 나쁘지 않은 모양인지 연신 미소를 짓고 있다.

태하는 그녀가 짓고 있는 저 미소 뒤에 과연 어떤 모습이 숨어 있을지 자못 궁금해졌다.

'조만간 그 가면을 벗겨주도록 하지.'

그는 여전히 미소를 짓고 있었다.

그날 저녁, 태하는 레지나와 함께 동물 병원을 찾았다.

수의사는 이제 며칠 정도 더 지켜보면 황달 수치가 정상으로 돌아올 것이라고 말했다.

"한 사나흘쯤 더 기다려 보시지요."

"예, 알겠습니다. 고맙습니다."

이제는 꽤 살도 오르고 털도 복슬복슬해진 고양이는 레지나를 알아보고는 반가운 척을 했다.

갸르르릉!

"녀석, 기분이 좋은 모양입니다. 어쩌면 이사장님을 어미로 생각하고 있는지도 모르고요."

"기분이 묘하네요. 내가 누군가의 보호자가 되다니요. 이런 기분은 처음이에요."

"이 세상의 그 누구도 언젠가는 보호자가 됩니다. 그게 세상의 진리지요."

고양이와의 짧은 면회가 끝난 태하는 그녀를 데리고 병원을 나왔다.

그는 그녀에게 술자리를 제안했다.

"맥주 좋아하십니까?"

"맥주요?"

"저번에 못다 한 술 약속을 지키고 싶어서요."

"하지만 집에……."

"오늘은 좀 늦을 것이라고 미리 말해두었습니다. 그러니 걱정하실 필요 없습니다."

"아아, 그렇다면 좋아요!"

이미 청림과 꽤 많이 친해진 그녀는 태하와 자신이 밀회를 즐기는 것 같아서 양심에 가책을 느끼는 것 같았다.

하지만 이것이 진심인지 아닌지 알 수 있는 방법은 그 어디에도 없었다.

"갈까요?"

"네!"

태하는 한껏 고무된 그녀를 데리고 선술집으로 향했다.

*　　　　*　　　　*

남태평양 한가운데에 위치한 작은 무인도.

솨아아아!

해변가에 납작 엎드린 한 사내가 숨도 쉬지 못한 채 기절해 있다.

끼룩끼룩!

지나가던 갈매기가 그의 시신을 파먹기 위해 살며시 내려와 머리를 부리로 쪼았다.

따다다다닥!

바로 그때, 그가 눈을 번쩍 떴다.

팟!

순간 그는 폐부에 꽉 차 있던 물을 뿜어내며 일어섰다.

"쿨럭쿨럭! 우웨에에에에엑!"

살이 물에 팅팅 불어 잘못하면 뼈가 보일 정도로 오래 물에 잠겨 있던 그가 아직까지 살아 있다는 것은 기적이었다.

그는 깨질 듯한 이명에 머리를 부여잡았다.

끼이이이잉!

"으으으욱!"

사내는 넝마가 된 양복을 입고 있었는데, 양복의 목덜미에 한 남자의 얼굴이 새겨진 반지가 걸려 있다.

그는 그 자리에 앉아 멍하니 하늘을 바라보았다.

"…지원이, 지원이가……."

마치 정신이 나간 사람처럼 뭔가를 읊조리던 그의 고개가 바로 옆으로 돌아갔다.

"쿨럭쿨럭!"

"사, 사람?!"

자리에서 벌떡 일어난 그는 옆으로 달려가 기침을 내뱉은 사람을 안아 들었다.

"정신이 좀 드십니까?!"

"…부회장님?"

"살아 계셨군요, 이사님."

"이게 도대체 어떻게 된 겁니까?"

"저도 자세한 것은 잘 모르겠습니다. 다만 누군가 방을 배신하여 비행기를 폭파한 것이 틀림없습니다."

명화그룹의 부회장이자 명화방 최고의 고수 장수원은 비행기 폭발에서 호신강기를 펼쳐 간신히 목숨을 건졌다.

그의 깊은 내공은 바다에서 오래 부유하는 동안 장수원을 보호하고 신체의 부패를 방지해 주었다.

그렇게 상당히 오랜 시간 부유하다가 결국 이 무인도에 안착하게 된 것이다.

"천운입니다. 우리가 이렇게 살아 있다니요."

"그러게 말입니다."

장수원은 조밀현 이사와 함께 무인도 주변을 둘러보기로
했다.

"이곳에 다른 생존자가 있을 수도 있습니다. 그러니 함께
가봅시다."

"예, 부회장님."

섬은 대략 직경 20㎞쯤 되는 것 같았는데, 야자수와 바나
나가 아주 실하게 열려 있었다.

만약 이들과 같이 운이 좋은 사람이 또 있다면 아마 살아
서 섬을 돌아다니고 있을지도 모를 일이다.

"갑시다."

"예."

두 사람은 섬의 반대편으로 향했다.

＊　　　　＊　　　　＊

명화방 부방주의 집무실로 비서실장 오시무 카쿠노가 들어
섰다.

똑똑.

"부회장님, 오시무 카쿠노입니다."

"들어오세요."

오시무 카쿠노는 그에게 결재 서류를 건넸다.

"검토를 부탁드린답니다."

"고맙습니다."

이제는 장수원의 자리를 이어받아 부회장직을 수행하고 있는 장주원은 특유의 상재를 통하여 회사를 살찌우고 있었다.

그는 경영 쇄신을 통하여 급락한 명화그룹의 주가를 다시 예년으로 되돌렸고 흩어졌던 투자자들을 다시 소집하여 일전의 시가총액을 회복하였다.

아직까지 주주총회에서 최종적인 집계가 되지 않아 정확하지는 않지만 그의 성적은 지금까지 그 어떤 임원이 이뤄낸 것보다 뛰어났다.

오시무 카쿠노는 그런 그가 부회장이 된 것을 진심으로 기뻐하고 있었다.

"참으로 다행입니다."

"뭐가요?"

"부회장님께서 부회장님이 되신 것 말입니다."

"하하, 그런가요? 전 잘 모르겠는데."

"만약 어중이떠중이 애송이가 이 자리에 앉았다면 무슨 일이 일어났을지 아무도 모릅니다."

"하지만 언젠가는 내 조카들이 이 자리를 물려받을 수 있을 것이라 확신합니다."

"그래요, 그런 일이 오겠지요."

장주원은 총 10개의 프로젝트 기획안을 읽어보곤 그에 서명하였다.

슥슥슥.

"내용이 좋네요."

"기획부에서도 이젠 꽤나 긴장한 모양입니다."

"당연하죠. 저는 일 못하는 사람을 가만히 내버려 두지 않습니다. 기획구조조정 본부는 그래서 있는 것이니까요."

"역시 칼 같으시군요."

오시무 카쿠노가 결재 서류를 들고 집무실을 나서려는 바로 그때, 믿을 수 없는 일이 벌어졌다.

피융.

"어, 어어……?"

두 사람의 뒤통수로 스팅어 미사일이 날아온 것이다.

콰앙!

"크허어억!"

설마하니 지대공 미사일이 건물 외벽을 때릴 줄은 꿈에도 몰랐던 두 사람은 속수무책으로 그 화염을 고스란히 맞을 수밖에 없었다.

하지만 두 사람의 내공이 깊기 때문에 그 자리에서 죽을 정도의 타격은 입지 않았다.

"쿨럭쿨럭!"

"이, 이런 미친놈들! 지대공 미사일을 건물에 쏠 생각을 하다니!"

"부회장님, 일단 피하시지요! 아무래도 암살 시도인 것 같습니다!"

두 사람이 슬슬 자리에서 일어나려는 찰나, 밖에서 검은색 복면을 쓴 사내들이 우르르 쏟아져 들어왔다.

파밧!

복면인의 숫자는 아무리 적게 잡아도 200명, 이 정도의 숫자라면 제아무리 장주원이라도 어찌할 도리가 없다.

그는 오시무 카쿠노와 함께 탈출을 감행하였다.

"문을 부수고 들어갑시다!"

"예!"

두 사람은 사무실 문을 부수고 나가려 내공을 모았다.

스스스스!

하지만 엉뚱하게도 그들은 땅이 쑥 꺼지며 아래로 떨어져 내렸다.

콰앙!

"허, 허억!"

아래로 무려 60층가량이 단숨에 뚫리며 두 사람은 끝도 없이 추락하였다.

쐐에에에엥!

그러나 두 사람의 보법은 그것을 뛰어넘기에 충분하였다.

파바바밧!

장주원이 곧바로 위로 치고 올라오자, 그의 머리 위로 은백색 장풍이 날아왔다.

스스스스, 콰앙!

"크허어억!"

정확히 백회혈을 얻어맞은 장주원은 정신을 잃고 아래로 추락하고 말았다.

오시무 카쿠노는 화들짝 놀라며 그를 뒤따랐다.

"부회장님!"

하지만 그런 그 역시 은백색 장풍에 등짝을 맞아 피를 토하고 기절하였다.

퍼억!

"쿨럭!"

결국 두 사람은 깊은 수렁으로 빨려들어 가고 말았다.

*   *   *

영국의 선술집 '소나기'에 마주 앉은 태하와 레지나가 술잔을 기울이고 있다.

두 사람은 벌써 네 시간째 쉬지 않고 술을 마시고 있었다.

"꿀꺽꿀꺽!"

"크흐, 좋다!"

"술을 참 잘 드시네요."

"그러는 이사장님도 보통은 아니신 것 같은데요?"

"후후, 그런가요?"

태하는 500cc 잔을 밀어내고 다시 한 잔을 주문하였다.

"한 잔 더!"

"예, 손님!"

잔이 회전되어 다시 차가운 맥주가 나올 때쯤, 태하의 핸드폰이 울린다.

지이이이이잉!

그는 자연스럽게 전화를 받았다.

"그래, 나다."

─형, 잡아냈어. 그 여자가 확실해.

"으음, 그래?"

태하가 곁눈질로 그녀를 쳐다보니 그녀는 아주 매혹적인 미소를 짓고 있다.

그는 오늘 일부러 선술집으로 그녀를 데리고 왔다.

선술집에선 술잔을 자주 바꾸면서 맥주를 마시니 당연히 타액을 채취할 수 있을 터였다.

하오문은 불과 네 시간 안에 유전자 분석을 끝낼 수 있는

사람을 찾아내어 타액과 혈액 샘플을 대조할 수 있도록 조치
했다.

그런 결과 유전자 감식에서 두 개의 샘플이 100% 일치를
보였다.

한마디로 그녀가 전광석화 같은 창을 쓰던 그 살수였다는
소리다.

'대단한 여자군. 이렇게 평범한 얼굴로 그런 이중생활을 할
수 있다니 쉽지 않은 일인데 말이야.'

같은 이중생활을 하는 사람으로서 엄지를 척 들어주고 싶
은 태하이다.

두 사람이 술잔을 기울이고 있는데, 선술집 바에서 한 여자
가 걸어나왔다.

또각또각.

그런데 그녀의 등에는 창이 한 자루 매달려 있었다.

순간, 태하가 실소를 흘렸다.

"후후, 눈치를 챈 건가?"

"내가 무슨 애송이로 보이나?"

"언제부터였지?"

"네놈의 그 애인이라는 년과 술을 마시면서 확신했지. 뭔가
숨기고 있다고 말이야."

"으음, 그랬군."

태하만 모르고 있었을 뿐 그녀는 이미 그의 정체를 간파하고 있던 것이다.

스릉!

그녀들은 주 종목인 창과 활을 꺼내 들었다.

"어떻게 죽여주면 좋으려나?"

"최대한 고통스럽게 죽여야지. 그게 위에서 원하는 것이니까."

"아아, 그랬나?"

태하는 이 여자들이 무슨 소리를 하는 것인지 알아들을 수 없었지만, 확실한 것은 이제 곧 저 입에서 진실이 술술 기어 나올 것이라는 사실이다.

"명화자객단을 보러 가자."

"……?"

"있어. 진실을 보는 거울이라고나 할까?"

두 사람이 태하를 잡아 죽이기 위해 창을 뻗었다.

"흥! 개소리는 집어치워라!"

부웅!

태하에게 창이 닿으려는 찰나, 천장이 무너져 내리면서 젝 스플린터가 등장하였다.

까앙!

"…이건 또 뭐야?"

"멀리서 지켜보는데 가만히 있을 수가 있어야지. 어떻게 한 사람을 두고 두 여자가 그렇게 발광해서 달려들 수 있나? 나도 좀 끼워줘."

"죽고 싶으면 차라리 목을 매달아라. 이런 판에 끼어들었다간 뼈도 못 추리니까."

"그건 네 생각이고."

그는 태하를 바라보며 말했다.

"그렇죠?"

"당연한 소리."

태하는 금강석 검을 뽑아 들었다.

챙!

"그럼 몸 좀 풀어봐야겠군."

그의 얼굴에서 미소가 번질 때쯤, 이미 그의 신형은 사라지고 없었다.

스스스스, 팟!

"……?!"

"어디를 보나?"

태하는 잔상만을 남기고 그녀들의 옆으로 다가가 검을 뻗었다.

슈욱!

하지만 그의 검은 그녀들에게 닿지 못했다.

우르르르릉, 콰앙!

순간, 술집의 벽이 무너지면서 거대한 덩치를 가진 사내 열 명이 달려온 것이다.

"…죽여라!"

"우워어어어어!"

"오우거?"

마치 오우거와 인간을 반쯤 섞어놓은 듯한 외모의 덩치들은 태하의 검을 주먹으로 쳐냈다.

까앙!

태하는 놈들의 주먹을 받아내곤 흠칫 놀랐다.

'내공이 아닌데?'

내공도 아닌 것이 태하의 검을 막아냈다는 것은 실로 엄청난 일이다.

그는 점점 판이 흥미로워진다고 생각했다.

"으음, 그래, 이렇게 이벤트가 있어야 싸울 맛이 나지."

태하는 이제부터는 전력을 다하기로 했다.

"자, 간다!"

파밧!

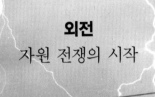

외전
자원 전쟁의 시작

서기 1991년, 서울역에 비상사태가 발령되었다.

위이이이이잉!

[비상사태입니다! 서울역에 계신 시민들께서는 지하 방공소로 신속히 이동해 주시기 바랍니다! 다시 한 번 말씀드립니다!]

사람들은 방송의 안내에 따라 서울역 동부에 있는 지하 방공소로 줄을 지어 탈출하고 있다.

하지만 단 한 사람, 서울역 지하 통로에 갇힌 한 노숙자만이 탈출하지 못한 채 죽음을 목전에 두고 있었다.

쿠그그그그그!

콰앙!

"…젠장!"

그는 오른쪽 팔과 다리를 움직일 수 없는 상황이었는데, 이곳에서 잠을 자고 있다가 갑작스러운 몬스터의 출현에 꼼짝도 못한 채 갇히고 만 것이다.

크아아아아아앙!

그는 지하 통로를 꽉 채우고도 남을 만한 저 엄청난 괴물을 바라보며 어찌할 바를 못 하고 있었다.

'나는 이대로 죽는구나.'

한때 대검찰청 중앙수사부에서 에이스 소리를 들으며 승승장구하던 그는 이제 노숙자 꼴로 생을 마감하게 생겼다.

그는 자신이 왜 이렇게까지 궁지에 몰리게 되었는지 곰곰이 생각해 보았다.

현재 그는 동료 검사 살해 혐의로 경찰에 쫓기고 있는 몸이고 정체를 알 수 없는 거대한 검은 세력에게 팔다리를 다쳐 불구가 되어버렸다.

그가 이렇게 막장까지 몰리게 된 것은 모두 사건에 대한 집착 때문이었다.

"씨발, 다시 태어난다면 절대로 검사 따위는 하지 않겠다!"

쿠그그극, 콰앙!

이제 그의 앞으로 거대한 놈의 꼬리가 날아와 강력한 파장을 만들어냈다.

아마도 화수는 이대로 죽음을 맞이하게 될 수밖에 없을 것이다.

"이런 개새끼들!"

쾅!

그의 눈앞이 일순간 흐려졌다.

*　　　　　*　　　　　*

서기 1990년, 대한민국 대검찰청 중앙수사부 소속 강화수 검사가 기술 유출에 관한 법률 위반으로 피의자 최명식을 잡아들였다.

대한민국 제일그룹 산하 일명화학연구소의 소장이던 최명식은 미국계 회사 카이언 바이오테크놀로지에 '블루슈거' 프로젝트의 핵심 기술을 빼돌리다 적발되었다.

화수는 정보원 이석주의 도움으로 그를 검거하였으나, 벌써 3개월째 제자리걸음을 하고 있었다.

10월 중순에 검거하여 해가 지나도록 재판을 진행하지도 못하는 화수의 속은 터질 지경이었다.

늦은 밤, 화수가 중수부 제1과장 민정식의 집무실을 찾았다.

민정식은 야밤에 자신을 찾아와 독대를 청하는 화수를 바라보며 떨떠름하게 웃었다.

"이것 참, 이제는 부하들 무서워서 일도 제대로 못 하겠군."

"과장님, 왜 자꾸 저를 피하시는 겁니까?"

"이봐, 강 프로. 내가 자네를 언제 피했다고 그래? 내가 도대체 뭐가 무서워서?"

"그렇지 않으면 왜 제 전화도 안 받으시고 회의 때 저를 쏙 빼놓으시는 겁니까? 검사가 이래도 되는 겁니까?"

"에헤이, 진정해. 자네가 우리 중수부 에이스인데 내가 왜 자네를 따돌려? 안 그래?"

화수는 이대로 수장될 위기에 놓인 블루슈거 프로젝트 유출 사건에 대한 재수사를 요청하였다.

"과장님, 저 아직 포기 안 했습니다. 재수사 허락해 주십시오."

"재수사… 뭘 더 수사하겠다는 거야? 이미 일명화학에서 사태 수습했고 미국 CIA에서도 서류 증빙 해주었잖아? 무슨 일을 더 크게 벌이려는 거야? 자네 혹시 스타병 생겼어? 이번에 큰 건 하나 빵 터뜨려서 스타가 되고 싶은 거야? 그런 거야?"

"그런 말씀이 아니지 않습니까? 아니, 언제는 일급기밀이라면서 정보 공개도 안 해주더니 이제 와서 큰일이 아니라고 덮다니요. 뭔가 좀 이상합니다. 냄새가 나요."

민정식은 고개를 가로저었다.

"후우, 강 프로, 왜 이렇게 세상을 팍팍하게 살려고 하나? 자네, 그렇게 살아서 어디 칠순잔치나 해보겠어? 그전에 혈압으로 쓰러져 죽겠다는 얘기야."

"혈압 터져서 죽는 한이 있더라도 저는 이 사건 꼭 해결하고 싶습니다. 검사 짭밥 10년을 걸고 말입니다."

민정식은 미소를 짓고 있던 표정을 싸늘하게 굳혔다.

"강 프로, 이 사건은 한국 정부뿐만이 아니라 미국 정부까지 걸린 일이야. 자네 요즘 한반도 정세가 어떤지 잘 알지? 지금 청와대에서 아주 안테나를 바짝 세우고 있다고. 잘못하면 자네뿐만 아니라 우리 모두 다 같이 죽을 수도 있어. 강 프로, 자네는 같이 한솥밥 먹는 식구들 생각은 안 하나?"

"……."

"잘 생각해. 자네 한 사람 때문에 조직 전체가 흔들릴 수도 있어."

화수는 그에게 깊이 고개를 숙였다.

"과장님, 한 번만 기회를 더 주십시오! 이번엔 정말 제대로 해보겠습니다!"

"거참……."

민정식은 어쩔 수 없다는 듯이 고개를 끄덕였다.

"그래그래, 내가 우리 골통 강 프로를 어떻게 이기겠어?"

"감사합니다!"

"다만 이번 문제는 청와대 직속 라인들이 주시하고 있으니 재수사하는 데 시간이 좀 걸릴 거야. 기다릴 수 있지?"

"물론입니다! 며칠이고 몇 달이고 기다리겠습니다!"

"알겠어, 강 프로. 내가 알아서 할 테니까 자네는 그만 나가 봐. 그리고 가는 길에 사건 하나 받아가고."

"사건이요?"

"아아, 자네가 요즘 회의에 참석하지 않아서 잘 모르지?"

"……?"

"자네 사무실로 서류를 보냈는데 못 읽어본 모양이군. 이번 서부해안 몬스터 침입 사건 때 사람이 살인 교사로 죽었다는 제보가 들어왔어."

"나흘 전에 발생한 몬스터 침입 사건 말입니까?"

"그래, 꽤 많은 군인이 죽어나갔지. 아직도 그곳은 전쟁터 야. 사람이 함부로 드나들 수 있는 곳은 아니라는 소리지."

"으음……"

"그곳 군인들의 말에 따르면 전투가 일어난 저지선 안에선 사람이 죽을 수가 없대. 왜냐하면 워낙 병력이 많고 바리게이 트가 잘되어 있어서 아무리 몬스터의 머릿수가 많아도 뚫기 힘들다는 소리지."

"그렇다면 일부러 누군가 몬스터의 침입을 예견하고 사람을 죽여서 그곳에 내려놓은 것이군요."

"그래, 그럴 가능성이 높지. 지금 경찰에서 조사하고 있는데, 확실한 것은 아직 밝혀진 바가 없어. 조만간 수사 정리해서 보고서 올라올 테니 자네가 그 사건 맡아."

"잘 알겠습니다."

"수고하고, 몸 잘 챙기고."

"예, 과장님! 사랑합니다!"

"그래, 잘 내려가게."

강화수는 사건 파일을 받아서 다시 사무실로 돌아갔다.

*　　　　*　　　　*

다음 날 오후, 화수는 국민일보 명대수를 만났다.

그는 며칠 전 명대수가 입수했다는 사진 몇 장을 나열해 놓고 있었다.

"그러니까 이게 지금 며칠 전 상명호텔 로비에서 찍힌 사진이란 말이지?"

"그렇다니까 그러네. 내가 영감님 얘기를 듣고 냄새를 좀 맡아봤는데, 나흘 동안 총 다섯 번을 만났다니까."

"…과장님이 CIA를?"

사진 속에는 민정식 과장과 CIA요원이 접촉하는 장면이 포착되었는데, 전혀 관련이 없을 것 같은 사람이 만나니 화수로서도 당혹스러울 수밖에 없었다.

"영감님, 한번 생각을 해봅시다. 왜 하필이면 CIA에서 중수부에 손을 댔을까? 왜 하필이면?"

"으음……."

"중수부와 미정보국이 접촉한다는 것은 아주 이례적인 일 아닙니까? 정보기관과 사법부가 무슨 볼일이 있다고? 그것도 물 건너 미국에서 말이죠."

명대수는 화수에게 몇 가지 의혹에 대해 물었다.

"듣기로는 민 과장이 자기 선에서 사건을 대충 마무리하고 넘기려는 분위기라는데, 맞아요?"

"그래서 내가 벌써 3개월 동안 따돌림을 당한 것 아니야. 재수사 요청을 몇 번이고 했는데 거절하고 요리조리 피해 다니더군."

"아마 그 3개월 동안 물밑 작업을 다 해두었겠죠. 이미 미꾸라지는 다 빠져나갔고 잠수 탈 새끼들은 다 잠수 탔고. 안 그래요? 심지어 지금 제보자도 사라진 판국이라면서요."

"그렇지."

"민 과장이 CIA랑 짜고 치는 거네. 그렇지 않아요?"

"그래, 머리가 있는 사람이라면 그렇게 생각할 수밖에 없지."

"미국 중앙정보국과 대검찰청 중수부의 만남이라… 이거 참 흥미로운 기삿감인데요?"

화수는 그를 만류하였다.

"아직 기사화시키지는 말아. 확실하지 않은데 빨대를 꽂았다가 명 기자와 나 우리 모두 다칠 수도 있어."

"알아요. 그래서 지금 영감님께 정보를 드리러 온 것 아닙니까?"

"조금만 더 파보자. 뭔가 나오면 적당한 선에서 터뜨리자고."

"그래요."

화수는 명대수에게 또 다른 사건에 대해 물었다.

"그런데 말이야, 얼마 전에 일어난 서부해안 몬스터 침입 사건 있잖아?"

"아아, 그 괴물 쓰나미 말이에요?"

"그래. 수사 자료가 워낙 부실해서 그러는데, 언론 쪽에서 뭐 나온 것 없어?"

"뭐, 그럴 테죠. 군에서 워낙 쉬쉬하는 분위기라."

명대수는 몬스터에 관한 자료 몇 개를 꺼내어 화수에게 건넸다.

자료의 핵심 내용은 '아공간'에 대한 얘기였다.

"이번 쓰나미가 왜 일어났는지에 대한 자료인데요, 아직 민간에 공개되지 않은 겁니다. 물론 관청에도 보고되지 않았고요."

"몬스터의 쓰나미는 공간 왜곡 현상으로 인한 것이다?"

"웜홀이니 블랙홀이니 하는 것 아시죠? 뭐, 그런 비슷한 것이랍니다. 아직까지 제대로 정리된 것이 없어서 보고가 안 되었던 것이죠."

"흠……."

"아무튼 원래 지하에 잠들어 있던 생명체들이 튀어나온 것이니 외계에서 왔느니 하는 가설들 중에서 이것이 가장 신빙성이 있는 것 같더군요."

"몬스터가 시공간을 초월해서 날아온 존재다?"

"비슷한 맥락이죠."

화수는 깊은 한숨을 내쉬었다.

"이것 참, 어느 쪽으로 들어도 도저히 믿어지지 않는군."

"세상에 그런 일이 어디 한두 가지인가요?"

그는 명대수가 준 자료를 확인하고 나자 한 가지 의문점이 들었다.

"그런데 말이야, 이 살인을 저지른 놈들은 어떻게 공간 왜곡 현상이 벌어질 것을 알게 된 걸까?"

"그게 미스터리죠. 제 생각엔 그냥 아무 생각 없이 시신을 버렸는데 때마침 몬스터가 침공한 것 같기도 해요. 까마귀 날자 배 떨어진 거죠."

"재수가 없었던 것이군. 만약 몬스터가 창궐하지 않았다면 수면 위로 드러나지 않았을지도 모르는데 말이야."

"운은 타고나는 거라고 하잖아요."

두 사람이 한창 대화를 나누고 있는데 전화가 한 통 걸려왔다.

지이이이잉!

최 프로

"최준일 검사인데?"

"으음, 뭔가 하실 말씀이 있는 모양이네요. 아무튼 저는 할 일 했으니 이만 가보겠습니다."

"그래, 또 보자고."

"뭔가 나오는 것 있으면 연락드릴게요."

화수 역시 자리를 뜨며 최준일의 전화를 받았다.

*   *   *

서울 장안동 뒷골목 도박장.

요란스러운 소음과 사람의 비명이 도박장 입구를 따갑게 울리고 있다.

장안동의 한 모텔을 지하 3층까지 확장해서 도박장으로 만든 이곳은 하루에도 수천 명의 사람들이 드나드는 유명한 '판

떼기'다.

서울 인근의 도박꾼들은 물론이고 강원도, 전라도, 심지어 제주도와 일본에서까지 원정을 올 정도이다.

그런 도박장에 검은색 정장을 입은 청년과 젊은 여자가 한 명 들어섰다.

팅!

프랑스산 수제 라이터를 손에 쥔 여자가 남자의 담배에 불을 붙여주며 말했다.

"레이시스, 정말로 그 일 할 거야?"

"…그럼?"

"민 과장 치고 그 부하들 제치고 나면 우리는 낙동강 오리알 신세가 될 수도 있어."

"알아. 하지만 청야성주를 등에 업는 것은 엄청난 어드밴티지다. 우리가 일개 살인 용병에서 기업으로 거듭날 수 있는 방법은 이것뿐이야."

"그래."

레이시스는 폐부 깊숙이 담배 연기를 집어삼키며 외쳤다.

"어이, 하우스장! 여기 손님 좀 받아줘!"

"아니, 이게 누구야? 동대문 세발낙지 아니야?"

"잘 지냈지?"

"그럼! 그나저나 오랜만이군. 오늘은 또 얼마를 따 가시려고 그러나?"

"누굴 좀 만나러 왔어."

"흠, 그렇군. 그나저나 자네는 어떻게 늙지를 않아? 비결이 뭐야?"

"뭐긴, 도박이지."

"하하, 그래, 자네답군."

그는 도박장 운영자에게 사진을 한 장 건넸다.

"이놈을 보았나?"

사진을 받은 운영자는 실소를 흘렸다.

"후후, 자네도 계룡산 도끼에게 한 탕 털렸나?"

"그런 것은 아니고 볼일이 좀 있어."

"원한 관계는 아니다?"

"내 이름을 걸지."

"좋아, 이쪽으로 와."

노름꾼, 혹은 기술자, 흔히 타짜라 불리는 사람들은 신변에 위협을 받으며 살아가기 때문에 누군가 자신을 따라오는 것을 상당히 싫어한다.

그러나 도박장 운영자는 레이시스의 이름값이 있으니 별일이 없을 것이라 생각한 것이다.

VIP룸

10억 이상의 소지금을 가진 사람들만 드나들 수 있는 이곳

VIP룸은 레이시스 역시 자주 드나드는 곳이다.

하지만 오늘은 패를 만질 생각이 없었다.

타악!

"3땡!"

"4땡!"

"5땡."

"크윽, 또 잃었군!"

레이시스는 멀리서 도박판의 홍일점을 바라보았다.

관능적인 몸매에 순백색 피부, 도저히 도박장과 어울리는 외모는 아니었다.

그녀의 이름은 최순희. 이름이 촌스럽다며 스스로를 그레이스 최라고 칭하고 다닌다.

"어이, 그레이스! 오늘 너무 따는 것 아니야?"

"도박판이 원래 다 그렇죠, 뭐."

그녀는 도발적인 붉은색 원피스를 입고 있었는데, 가슴골과 엉덩이 라인이 그대로 다 드러나 있다.

사람들은 그녀의 관능적인 몸매에 한 번, 과감한 노출에 또한 번 흔들리게 되어 있다.

촤악촤악촤악!

패를 잡은 그녀는 다소 어설프게 화투를 섞었는데, 이 때문에 그녀는 도박의 문외한으로 보였다.

"이놈의 화투는 아무리 잡아도 여전히 손에 익지가 않네요."

"하하, 원래 처음은 다 그런 법이지!"

그녀의 어설픈 손놀림이 귀여워 보이지만 매의 눈을 가진 사람에겐 이것이 연막이라는 것이 보인다.

촤륵.

'꾼은 꾼이군. 어떻게 안색 하나 변하지 않고 사기를?'

레이시스는 그녀의 곁에 살며시 엉덩이를 붙여 앉았다.

"오랜만이군?"

"으음? 레이?!"

그는 그녀의 목에 목걸이를 걸어주었다.

"나랑 볼일이 좀 있을 것 같은데?"

"…으음, 그렇지?"

그녀는 레이시스에게 뜨거운 키스를 퍼부었다.

츄르릅!

그러자 주변의 분위기가 이상하게 흘러갔다.

"험험, 패 돌려놓고 이게 뭐 하는 짓이람?"

"정 급하면 모텔로 가지?"

"…공공장소에서 이게 뭐 하는 짓이야?"

"미국에선 원래 이렇게 인사해. 안 그래?"

"미국은 무슨, 장충동 출신이면서."

"……."

레이시스는 두 사람의 손을 잡고 일어섰다.

"일단 나가자. 나가서 술 한잔하면서 얘기하자고."

"…그럽시다."

"쩝, 전생에 나라를 구했나 보군."

"…패나 돌려."

세 사람은 도박장을 나서서 인근 포장마차로 향했다.

장안동 포장마차 안.

세 남녀가 마주 앉아 있다.

최순희가 줄리아나를 바라보며 물었다.

"…그러니까 그냥 사기도 아니고 이 여자와 짜고 사람 둘을 골로 보내라는 건가?"

"판이 좀 커. 청야성이 관련되어 있어."

"거참, 왜 하필이면 이 여자와 함께야?"

"둘 다 탈이 좋잖아."

"흐음."

"하기 싫으면 안 해도 좋다. 하지만 우리가 청야성의 휘하로 들어갈 수 있는 유일한 기회야."

최순희는 소주를 한껏 털어 넣었다.

꿀꺽!

"크흐, 쓰다!"

"어때?"

"까짓것, 눈 한번 딱 감지, 뭐."

"후후, 그래, 너라면 그럴 줄 알았지."

"그래서, 내가 할 일이 뭐야?"

"술 취한 사람 한 명 잡아다 이 주소로 데리고 와. 그 이후엔 내가 알아서 한다."

"그럼 일단 1차는 끝이야?"

"그렇지. 나머지 일정은 추후에 다시 협의하자고."

그녀는 고개를 끄덕였다.

"오케이, 접수!"

"작전은 내일이다."

"알겠어."

세 사람은 잔을 부딪쳤다.

＊　　　＊　　　＊

늦은 저녁, 최준일과 화수가 마장동의 한 고깃집에 앉아 있다.

치이이이익!

싱싱한 소고기를 불판에 구워 먹는 이 고깃집은 화수와 최준일이 10년 동안 한결같이 찾아오는 단골집이다.

화수는 최준일의 잔에 소주를 채워주었다.

쪼르르르르.

"어쩐 일이야? 최 프로가 나를 다 보자고 하고?"

"동기끼리 이렇게 내외하기야? 섭섭해지려고 하네."

화수는 실소를 흘렸다.

"아니, 자네처럼 바쁜 사람이 갑자기 술을 마시자고 하니 하는 소리 아니야?"

"사람이 이런 날도 있고 저런 날도 있는 법이지. 항상 바쁘게만 살라는 법 있나?"

"자네답지 않은데?"

완벽주의자인 최준일이 헐렁헐렁하게 일을 하고 다닌다는 소리는 화수도 처음 듣는 것이다.

화수가 소주를 한 잔 넘기는데 최준일이 다짜고짜 이렇게 말했다.

"그만하자."

"응? 뭘 말이야?"

"그 사건 말이야. 제일그룹 사건."

순간, 화수가 잔을 거칠게 내려놓았다.

쾅!

"에이, 진짜! 자네까지 왜 이래? 다들 제일그룹에게 돈이라도 받아먹었어? 자꾸 왜 이러는 건데?!"

"자네가 다칠까 봐 그렇지. 기껏 중수부까지 들어왔는데 검사 생활 종치면 아깝지 않은가?"

"…뭐?"

"아마 자네도 잘 알 것 아닌가? 이번 사건에 CIA가 관련되어 있다는 것. 그건 곧 국정원의 개입을 뜻한다는 거 알고 있지?"

"……."

"이쯤에서 빠지는 것이 신상에 이로워. 과장님이 자네를 괜히 그렇게 피해 다녔겠나? 안 그래?"

"준일이 자네는 알고 있었어? CIA가 개입되어 있었다는 것을?"

"나라도 이 사건 조사해 보지 않았겠나? 미안하지만 나는 자네보다 훨씬 먼저 이 사건에 대해 알고 있었어. 그에 대한 정보도 꽤 많았고."

"그런데 왜 나에게 말하지 않았나?"

"말했잖아? 자네가 다칠 것 같아서 그랬다고."

화수는 당장 손을 내밀었다.

"내놔. 자네가 가지고 있다는 그 자료들 말이야. 전부 다 내놔."

"이러지 마. 정말 다친다니까!"

"괜찮아! 다쳐도 내가 다쳐!"

"자네 정말……."

"최준일!"

최준일은 하는 수 없이 USB 하나를 꺼내어 화수에게 건넸다.

"휴우, 내가 잘하는 건지 모르겠네."

"얼마나 팠어?"

"자네가 아는 것과 그리 많이 다르지는 않을 거야. 그래도 도움이 된다면 좋겠어."

"고맙군."

화수에게 자료를 건넨 최준일은 씁쓸한 표정으로 일어섰다.

"요즘 변호사 사무실도 불경기래. 어지간하면 연금 나올 때까지 버티고 있으라고. 자네 앞날도 좀 생각을 해야 하지 않겠어? 기껏 대검까지 왔는데 말이야."

"걱정해 줘서 고마워. 나중에 내가 술 한잔 살게."

"쳇, 이 자리나 좀 사. 나도 요즘 아주 죽겠으니까."

"그래, 알았어."

두 사람은 계속해서 잔을 비워 나갔다.

*　　　*　　　*

다음 날, 화수는 지끈거리는 머리를 부여잡고 잠에서 깼다.

끼이이이잉!

"으윽! 머리야!"

전날 술을 너무 많이 마신 탓인지 아직까지 머리가 빙글빙글 돌고 정신이 하나도 없었다.

그는 아내 유채니를 불렀다.

"채니야! 여보!"

화수는 이곳이 집이라고 생각했고, 자연스럽게 그녀의 이름을 불렀다.

하지만 대답하는 이가 한 명도 없었다.

"여보?"

자리에서 일어난 화수는 정신을 가다듬고 주변을 둘러보았다.

그런데 아무래도 이곳은 화수의 집이 아닌 것 같았다.

"…이런 망할! 여긴 또 어디야?"

술이라면 자다가도 벌떡 일어나는 화수이기에 소주 다섯 병은 기본으로 마시곤 한다.

워낙 술을 자주 많이 마시다 보니 필름이 끊어지는 날이 많았지만 어제는 그렇게 많이 마신 기억이 없었다.

아니, 어느 순간부터 전혀 생각이 나지 않았다.

"제기랄, 뭐가 어떻게 된 거야?"

그는 자신이 누워 있던 침대에서 일어나 두 개의 방으로 이어지는 거실로 향했다.

그런데 그는 자신의 손이 좀 끈적끈적하다고 느꼈다.

"으음?"

바로 그때, 그의 전신이 거실 구석에 있던 거울에 비춰졌다.

순간 화수는 그 자리에 딱딱하게 굳어 더 이상 움직일 수가 없었다.

"허, 허억!"

그의 온몸이 피로 물들어 있었는데, 특히나 손과 팔뚝은 거의 피로 범벅이 되어 있었다.

특히나 얼굴과 몸통에는 분수처럼 피가 튀어 마치 물감을 뿌려놓은 것 같은 형상이다.

화수는 다급한 마음에 이곳에 있는 방문을 모두 열어보았다.

철컥!

그러자 방구석 한편에 축 늘어져 죽어 있는 최준일이 보인다.

"최, 최 검사! 이봐, 최 검사! 정신 좀……."

황급히 달려가 최준일을 흔들어 깨워보았으나 이미 그는 목덜미와 흉부, 복부가 칼에 찔려 죽어 있는 상태였다.

아마 분수처럼 혈흔이 생긴 것은 목덜미를 지나던 혈관이 끊어지면서 피가 튄 것으로 보였다.

화수는 당혹감을 감출 수가 없었다.

"내, 내가 왜 준일이를……?"

바로 그때, 굳게 닫혀 있던 현관문이 벌컥 열렸다.

콰앙!

"꼼짝 마! 경찰이다!"

"……!"

경찰들은 피투성이가 된 채 최준일을 바라보고 있는 화수를 발견하곤 아연실색하였다.

"허, 허억!"

"다들 안녕히……."

"체포해!"

"예!"

수사를 하다가 몇 번인가 마주친 적이 있는 경찰들이었지만 그들은 화수를 본 척도 하지 않고 수갑부터 채웠다.

철컥!

"자, 잠깐만! 잠깐만요! 내가 죽인 게 아닙니다!"

"…뭐라고요? 지금 사람이 이렇게 떡하니 죽어 있는데 아니라고 발뺌하십니까?"

"그, 그건……!"

"일단 자세한 것은 서로 가서 말씀하시죠. 지금은 뭐라 드릴 말씀이 없습니다."

경찰들은 화수를 데리고 경찰서로 향했다.

*　　　*　　　*

울산역 대합실 안, 검은색 정장을 입은 두 사내가 매표소 의자에 나란히 앉아 있다.

"왜 하필이면 울산역입니까? 대한민국에서 가장 위험하다고 손꼽히는 이곳에 말입니다."

"뭐, 그런 사정이 좀 있어요. 아시잖아요? 검찰이 원래 폐쇄적인 조직이라 서로에 대한 의심이 많습니다."

"그래요."

두 사람 사이에 서류 뭉치와 자동차 열쇠가 오간다.

"제가 이것을 빼내는 데 부하 둘을 골로 보냈습니다. 그 타격이 얼마나 큰지 아마 회주님께선 모르실 겁니다."

"회주님께선 당신이 하는 일에 대해 단 두 가지만 아십니다. 당신이 성공을 했다는 것, 그리고 돈을 받을 자격이 있다는 것."

"하하, 그럼 됐습니다. 이 세상에 이보다 더 중요한 것이 또 어디에 있단 말입니까?"

"그래요. 이 세상은 무엇이 중요한지 잘 아는 것이 필요합니다. 그게 살아가는 데 필요한 가장 중요한 덕목이지요."

"하하, 그렇지요?"

두 사람은 자리에서 일어섰다.

"큰 것으로 500개입니다. 이 정도면 중수부 과장 자리 내려놓고 나오셔서도 별 불만 없으실 겁니다."

"감사합니다!"

중수부 과장 민정식은 BMW의 자동차 키를 받고선 미소를 지었다.

"그래, 좋은 게 좋은 거야."

울산역 밖으로 나온 민정식은 주차장에 세워진 BMW 차량의 열쇠 구멍에 차량키를 밀어 넣었다.

드륵!

"오호, 좋은 차는 뭔가 달라도 다르군!"

차량의 문을 연 민정식은 트렁크로 향했다.

이 차의 트렁크에는 분명 그가 좋아하는 돈이 다발로 들어 있을 것이다.

"500억이라니, 이게 웬 횡재야?"

철컥!

트렁크의 문을 연 민정식은 순간 고개를 갸웃거렸다.

"어, 어라?"

달러로 한가득 차 있어야 할 트렁크가 텅텅 비어 있다.

그는 이해할 수 없다는 듯이 읊조렸다.

"이상하다."

바로 그때, 그의 목덜미로 총탄이 날아왔다.

피융!

퍽!

"크허억!"

피가 분수처럼 뿜어져 나올 때쯤, 그의 몸이 트렁크 안으로 말려들어 갔다.

쿵!

트렁크는 다시 닫혔고, 그는 빛을 볼 수 없게 되었다.

부르르르르릉!

잠시 후, 차량에 시동이 걸리며 울산역에서 BMW는 자취를 감추었다.

*   *   *

늦은 밤, 화수의 눈이 떠졌다.

팟!

"으, 으으으……."

분명 검찰청으로 끌려온 것이 기억나는 화수였지만 어째서 기절을 한 것인지는 확실치 않았다.

그가 가까스로 정신을 차렸을 무렵, 뭔가 거대한 철문이 열리는 소리가 들렸다.

끼이이이익, 쿠웅!

화수는 반사적으로 고개를 돌렸다.

"으으윽……"

밖은 대낮이었고 약간 더운 공기가 흘러들어 오고 있었다.

자동적으로 고개를 돌린 그에게 다짜고짜 발길질이 날아들었다.

슈우욱, 퍽!

"쿨럭!"

"일개 검사 새끼가 아주 잔재주가 많군. 사람 열 받게 하는 재주는 어떻게 연마하는 거지?"

"…뭐, 뭐야?"

순간, 화수의 어깨로 도끼가 날아와 꽂혔다.

퍼억!

푸하아아아악!

"끄아아아아악!"

"이 새끼, 명이 길면 긴 대로 살 것이지 왜 자꾸 문제를 만드나? 너 때문에 죽어나간 사람이 몇인 줄 알아?"

"허억, 허억! 이런 개자식들!"

사내는 다시 한 번 도끼를 들어 올렸다.

퍽!

이번에는 화수의 허벅지로 도끼가 박혔다.

"끄악, 끄아아악! 이런 씨발 놈!"

"도끼질 몇 번 맞으니 정신이 좀 드나? 앙?"

"…왜, 왜 이러는 거냐?! 도대체 목적이 뭐야?!"

"청야성은 항상 옳다. 그것은 진리야."

"뭐, 뭐라고?"

사내는 화수의 얼굴을 도끼로 툭툭 치면서 말했다.

"조용히 살아라. 아무 곳도 가지 말고 대합실에서 구걸이나 하면서 살아. 그럼 목숨은 보존할 수 있을 거다."

화수는 참담한 표정으로 그를 바라보았다.

그는 사내의 이름을 물었다.

"…이름이 뭐냐?"

"이름이 궁금하나?"

"……."

"베트릭이다. 뭐, 다시는 내 이름 들을 일 없겠지만 알아둬."

화수는 죽을 때까지 그 이름을 잊지 않겠노라 다짐하였다.

『현대 무림 지존』 4권에 계속…

미러클
테이머

인기영 장편소설
FUSION FANTASTIC STORY

MIRACLE
TAMER

이계로 떨어져 최강, 최고의 테이머가 되었다.
그러나… 남은 것은 지독한 배신뿐.

배신의 끝에서 루아진은 고향, 지구로 되돌아오게 되는데……
몬스터가 출몰하기 시작한 지구!
그리고 몬스터를 길들일 수 있는 테이머 루아진!
그 둘의 조합은……?

『미러클 테이머』

바야흐로 시작되는
테이머 루아진과 몬스터들의 알콩달콩한
대파괴의 서사시!!

FUSION FANTASTIC STORY

텀블러 장편소설

현대 천마록

천하를 호령하고 전 무림을 통합한
일월신교의 교주 천하랑.
사람들은 그를 천마, 혹은 혈마대제라고 불렀다.

『현대 천마록』

무공의 끝은 불로불사가 되는 것이라 생각했지만
그로서도 자연의 섭리 앞에선 어쩔 수 없었다!

'그렇게 많은 피를 흘렸음에도 불구하고
죽을 때가 되니 남는 것이 없군그래.'

거듭된 고련 끝에 천하랑의 영혼이
존재하지 않게 된 그 순간
그의 영혼은 현세에서 천마로서 눈을 뜬다!

Book Publishing CHUNGEORAM

유행이 아닌 자유추구 -
WWW.chungeoram.com

FUSION FANTASTIC STORY

가프 장편소설

시크릿 메즈
SECRET MEZ

―너는 10,000개의 특별한 뉴런을 더하게 되었어.
매직 뉴런, 불멸의 뉴런이지.

실험실 알바를 통해 만난 '6번 뇌'.
우연한 만남은 이강토를 신비의 세계로 이끈다.

『 시크릿 메즈 』

매직 뉴런을 탑재한 이강토의
정재계를 아우르는 좌충우돌 정의구현!
긴장하라, 당신이 누구든 운명은 이미 그의 손안에 있으니!

"무슨 꿍꿍이가 있는지, 어디 한번 봐볼까?"

Book Publishing CHUNGEORAM

유행이 아닌 자유추구─
WWW.chungeoram.com